**莎士比亚全集·中文本（典藏版）**
William Shakespeare: Complete Works

［英］威廉·莎士比亚（William Shakespeare）著
辜正坤 主编／张冲 译

# 两 贵 亲

# The Two Noble Kinsmen

**外语教学与研究出版社**
北京

京权图字：01-2016-5017

THE TWO NOBLE KINSMEN
Copyright © The Royal Shakespeare Company, 2007
All rights reserved.
Published by arrangement with Random House, an imprint of the Random House Publishing Group,
a division of Random House, Inc.

**图书在版编目 (CIP) 数据**

两贵亲 ／（英）威廉·莎士比亚（William Shakespeare）著 ；张冲译.
北京：外语教学与研究出版社，2024.6.--（莎士比亚全集 ／ 辜正坤主编）.
ISBN 978-7-5213-5336-5

I. I561.33

中国国家版本馆 CIP 数据核字第 2024Z7W301 号

## 两贵亲

LIANG GUIQIN

出 版 人　王　芳
项目负责　邢印姝　郭芮萱
责任编辑　徐　宁
责任校对　宋微微
封面设计　张　潇
出版发行　外语教学与研究出版社
社　　址　北京市西三环北路 19 号（100089）
网　　址　https://www.fltrp.com
印　　刷　三河市北燕印装有限公司
开　　本　710×1000　1/16
印　　张　11
字　　数　176 千字
版　　次　2024 年 6 月第 1 版
印　　次　2024 年 6 月第 1 次印刷
书　　号　ISBN 978-7-5213-5336-5
定　　价　68.00 元

如有图书采购需求、图书内容或印刷装订等问题，侵权、盗版书籍等线索，请拨打以下电话或关注官方服务号：
客服电话：400 898 7008
官方服务号：微信搜索并关注公众号"外研社官方服务号"
外研社购书网址：https://fltrp.tmall.com

物料号：353360001

记载人类文明
沟通世界文化
www.fltrp.com

# 出版说明

　　1623 年，莎士比亚的演员同僚们倾注心血结集出版了历史上第一部《莎士比亚全集》——著名的第一对开本，这是三百多年来许多导演和演员最为钟爱的莎士比亚文本。2007 年，由英国皇家莎士比亚剧团（Royal Shakespeare Company）推出的《莎士比亚全集》，则是对第一对开本首次全面的修订。

　　本套《莎士比亚全集》新汉译本，正是依据当今莎学界最负声望的皇家版《莎士比亚全集》翻译而成。译本的凡例说明如下：

　　一、**文体**：剧文有诗体和散体之分。未及最右行末即转行的为诗体。文字连排、直至最右行末转行的，则为散体。

　　二、**舞台提示**：

　　1）角色的上场与下场及其他舞台提示以仿宋体排出，穿插于剧文中的舞台提示以圆括号进行标注，如：(对亨利王子)。

　　2）舞台提示中的特殊符号。译本所依据的皇家版《莎士比亚全集》的编辑者对舞台提示中的不确定情形以特殊符号予以标注，译本亦保留了这些符号：如（旁白？）表示某行剧文既可作为旁白，亦可当作对话；又如某个舞台活动置于箭头 ↓↓ 之间，表示它可发生在一场戏中的多个不同时刻。

　　三、**脚注**：脚注中除标注有"译者附注"字样的，均译自或改编自皇家版《莎士比亚全集》注释。脚注多为对剧文中背景知识及专名的解释，以使读者更好地理解剧情；亦包含部分与英文原文相关的脚注，以使读者在品味译者的佳文时，亦体验到英文原文的精妙。

　　**四、文本：** 译本以第一对开本为蓝本，部分剧目中四开本与之明显相异的段落亦有译出，附于正文之后，供读者参考。

　　此《莎士比亚全集》新汉译本历经策划、翻译、编辑加工和印装等工序，各个环节的参与者均竭尽全力，力求完美，但由于水平、精力所限，难免有所错漏，敬请广大读者赐教指正。

外语教学与研究出版社

综合出版事业部

# 莎士比亚诗体重译集序

辜正坤

他非一代骚人，实属万古千秋。

这是英国大作家本·琼森（Ben Jonson）在第一部《莎士比亚全集》（*Mr. William Shakespeares Comedies, Histories, & Tragedies*, 1623）扉页上题诗中的诗行。三百多年来，莎士比亚在全球逐步成为一个家喻户晓的名字，似乎与这句预言在在呼应。但这并非偶然言中，有许多因素可以解释莎士比亚这一巨大的文化现象产生的必然性。最关键的，至少有下面几点。

首先，其作品内容具有惊人的多样性。世界上很难有第二个作家像莎士比亚这样能够驾驭如此广阔的题材。他的作品内容几乎无所不包，称得上英国社会的百科全书。帝王将相、走卒凡夫、才子佳人、恶棍屠夫……一切社会阶层都展现于他的笔底。从海上到陆地，从宫廷到民间，从国际到国内，从灵界到凡尘……笔锋所指，无处不至。悲剧、喜剧、历史剧、传奇剧、叙事诗、抒情诗……都成为他显示天才的文学样式。从哲理的韵味到浪漫的爱情，从盘根错节的叙述到一唱三叹的诗思，波涛汹涌的情怀，妙夺天工的笔触，凡开卷展读者，无不为之拊掌称绝。即使只从莎士比亚使用过的海量英语词汇来看，也令人产生仰之弥高的感觉。德国语言学家马克斯·缪勒（Max Müller）原以为莎士比亚使用过的词汇最多为 15,000 个，事后证明这当然是小看了语言大师的词汇储藏量。美国教授爱德华·霍尔登（Edward Holden）经过一番考察后，认为至少达 24,000 个。可是他哪里知道，这依然是一种低估。有学者甚至声称用电脑检索出莎士比亚用的词汇多达 43,566 个！当然，这些数据还不是莎士比亚作品之所以产生空前影响的关键因素。

其次，但也许是更重要的原因：他的作品具有极高的娱乐性。文学作品的生命力在于它能寓教于乐。莎士比亚的作品不是枯燥的说教，而是能够给予读者或观众极大艺术享受的娱乐性创造物，往往具有明显的煽情效果，有意刺激人的欲望。这种艺术取向当然不是纯粹为了娱乐而娱乐，掩藏在背后的是当时西方人强有力的人本主义精神，即用以人为本的价值观来对抗欧洲上千年来以神为本的宗教价值观。重欲望、重娱乐的人本主义倾向明显对重神灵、重禁欲的神本主义产生了极大的挑战。当然，莎士比亚的人本主义与中国古人所主张的人本主义有很大的区别。要而言之，前者在相当大的程度上肯定了人的本能欲望或原始欲望的正当性，而后者则主要强调以人的仁爱为本规范人类社会秩序的高尚的道德要求。二者都具有娱乐效果，但前者具有纵欲性或开放性娱乐效果，后者则具有节欲性或适度自律性娱乐效果。换句话说，对于 16、17 世纪的西方人来说，莎士比亚的作品暗中契合了试图挣脱过分禁欲的宗教教义的约束而走向个性解放的千百万西方人的娱乐追求，因此，它会取得巨大成功是势所必然的。

第三，时势造英雄。人类其实从来不缺善于煽情的作手或视野宏阔的巨匠，缺的常常是时势和机遇。莎士比亚的时代恰恰是英国文艺复兴思潮达到鼎盛的时代。禁欲千年之久的欧洲社会如堤坝围裹的宏湖，表面上浪静风平，其底层却汹涌着决堤的纵欲性暗流。一旦湖堤洞开，飞涛大浪呼卷而下，浩浩汤汤，汇作长河，而莎士比亚恰好是河面上乘势而起的弄潮儿，其迎合西方人情趣的精湛表演，遂赢得两岸雷鸣般的喝彩声。时势不光涵盖社会发展的总趋势，也牵连着别的因素。比如说，文学或文化理论界、政治意识形态对莎士比亚作品理解、阐释的多样性与莎士比亚作品本身内容的多样性产生相辅相成的效果。"说不尽的莎士比亚"成了西方学术界的口头禅。西方的每一种意识形态理论，尤其是文学理论，要想获得有效性，都势必会将阐释莎士比亚的作品作为试金石。17世纪初的人文主义，18世纪的启蒙主义，19世纪的浪漫主义，20世纪的现实主义或批判现实主义，都不同程度地、选择性地把莎士比亚作品作为阐释其理论特点的例证。也许17世纪的古典主义曾经阻遏过西方人对莎士比亚作品的过度热情，但是19世纪的浪漫主义流派却把莎士比亚作品推崇到无以复加的崇高地位，莎士比亚俨然成了西方文学的神灵。20世纪以来，西方资本主义阵营和社会主义阵营可以说在意识形态的各个方面都互相对立，势同水火，可是在对待莎士比亚的问题上，居然有着惊人的共识与默契。不用说，社会主义阵营的立场与社会主义理论的创始者马克思（Karl Marx）、恩格斯（Friedrich Engels）个人的审美情趣息息相关。马克思一家都是莎士比亚的粉丝；马克思称莎士比亚为"人类最伟大的天才之一，人类文学奥林波斯山上的宙斯"！他号召作家们要更加莎士比亚化。恩格斯甚至指出："单是《快乐的温莎巧妇》[1]的第一幕就比全部德国文学包含着更多的生活气息。"不用说，这些话多多少少有某种程度的文学性夸张，但对莎士比亚的崇高地位来说，却无疑产生了极大的推动作用。

第四，1623年版《莎士比亚全集》奠定莎士比亚崇拜传统。这个版本即眼前译本所依据的皇家版《莎士比亚全集》（*The RSC William Shakespeare: Complete Works*, 2007）的主要内容。该版本产生于莎士比亚去世的第七年。莎士比亚的舞台同仁赫明奇（John Heminge）和康德尔（Henry Condell）整理出版了第一部莎士比亚戏剧集。当时的大学者、大

---

1 英文剧名为 The Merry Wives of Windsor，朱生豪先生译作《温莎的风流娘儿们》；重译本综合考虑剧情和英文书名，译作《快乐的温莎巧妇》。

作家本·琼森为之题诗,诗中写道:"他非一代骚人,实属万古千秋。"这个调子奠定了莎士比亚偶像崇拜的传统。而这个传统一旦形成,后人就难以反抗。英国文学中的莎士比亚偶像崇拜传统已经形成了一种自我完善、自我调整、自我更新的机制。至少近两百年来,莎士比亚的文学成就已被宣传成世界文学的顶峰。

第五,现在署名"莎士比亚"的作品很可能不只是莎士比亚一个人的成果,而是凝聚了当时英国若干戏剧创作精英的团体努力。众多大作家的智慧浓缩在以"莎士比亚"为代号的作品集中,其成就的伟大性自然就获得了解释。当然,这最后一点只是莎士比亚研究界若干学者的研究性推测,远非定论。有的莎士比亚著作爱好者害怕一旦证明莎士比亚不是署名为"莎士比亚"的著作的作者,莎士比亚的著作便失去了价值,这完全是杞人忧天。道理很简单,人们即使证明了《红楼梦》的作者不是曹雪芹,或《三国演义》的作者不是罗贯中,也丝毫不影响这些作品的伟大价值。同理,人们即使证明了《莎士比亚全集》不是莎士比亚一个人创作的,也丝毫不会影响《莎士比亚全集》是世界文学中的伟大作品这个事实,反倒会更有力地证明这个事实,因为集体的智慧远胜于个人。

## 皇家版《莎士比亚全集》译本翻译总思路

横亘于前的这套新译本,是依据当今莎学界最负声望的皇家版《莎士比亚全集》进行翻译的,而皇家版又正是以本·琼森题过诗的 1623 年版《莎士比亚全集》为主要依据。

这套译本是在考察了中国现有的各种译本后,根据新的历史条件和新的翻译目的打造出来的。其总的翻译思路是本套译本主编会同外语教学与研究出版社的相关领导和责任编辑讨论的结果。总起来说,皇家版《莎士比亚全集》译本在翻译思路上主要遵循了以下几条：

　　1. 版本依据。如上所述，本版汉译本译文以英国皇家版《莎士比亚全集》为基本依据。但在翻译过程中，译者亦酌情参阅了其他版本，以增进对原作的理解。

　　2. 翻译内容包括：内页所含全部文字。例如作品介绍与评论、正文、注释等。

　　3. 注释处理问题。对于注释的处理：1）翻译时，如果正文译文已经将英文版某注释的基本含义较准确地表达出来了，则该注释即可取消；2）如果正文译文只是部分地将英文版对应注释的基本含义表达出来，则该注释可以视情况部分或全部保留；3）如果注释本身存疑，可以在保留原注的情况下，加入译者的新注。但是所加内容务必有理有据。

　　4. 翻译风格问题。对于风格的处理：1）在整体风格上，译文应该尽量逼肖原作整体风格，包括以诗体译诗体，以散体译散体；2）在具体的文字传输处理上，通常应该注重汉译本身的文字魅力，增强汉译本的可读性。不宜太白话，不宜太文言；文白用语，宜尽量自然得体。句子不要太绕，注意汉语自身表达的句法结构，尤其是其逻辑表达方式。意义的异化性不等于文字形式本身的异化性，因此要注意用汉语的归化性来传输、保留原作含义的异化性。朱生豪先生的译本语言流畅、可读性强，但可惜不是诗体，有违原作形式。当下译本是要在承传朱先生译本优点的基础上，根据新时代的读者审美趣味，取得新的进展。梁实秋先生等的译本，在达意的准确性上，比朱译有所进步，也是我们应该吸纳的优点。但是梁译文采不足，则须注意避其短。方平先生等的译本，也把莎士比亚翻译往前推进了一步，在进行大规模诗体翻译方面作出了宝贵的尝试，但是离真正的诗体尚有距离。此外，前此的所有译本对于莎士比亚原作的色情类用语都有程度不同的忽略，本套皇家版译本则尽力在此方面还原莎士比亚的本真状态（论述见后文）。其他还有一些译本，亦都应该受到我们的关注，处理原则类推。每种译本都有自己独特的东西。我们希望美的译文是这套译本的突出特点。

5.借鉴他种汉译本问题。凡是我们曾经参考过的较好的译本，都在适当的地方加以注明，承认前辈译者的功绩。借鉴利用是完全必要的，但是要正大光明，避免暗中抄袭。

6.具体翻译策略问题特别关键，下文将其单列进行陈述。

## 莎士比亚作品翻译领域大转折：真正的诗体译本

莎士比亚首先是一个诗人。莎士比亚的作品基本上都以诗体写成。因此，要想尽可能还原本真的莎士比亚，就必须将莎士比亚作品翻译成为诗体而不是散文，这在莎学界已经成为共识。但是紧接而来的问题是：什么叫诗体？或需要什么样的诗体？

按照我们的想法：1）所谓诗体，首先是措辞上的诗味必须尽可能浓郁；2）节奏上的诗味（包括分行）等要予以高度重视；3）结合中国人的审美习惯，剧文可以押韵，也可以不押韵。但不押韵的剧文首先要满足前两个要求。

本全集翻译原计划由笔者一个人来完成。但是，莎士比亚的创作具有惊人的多样性，其作品来源也明显具有莎士比亚时代若干其他作家与作品的痕迹，因此，完全由某一个译者翻译成一种风格，也许难免偏颇，难以和莎士比亚风格的多样性相呼应。所以，集众人的力量来完成大业，应该更加合理，更加具有可操作性。

具体说来，新时代提出了什么要求？简而言之，就是用真正的诗体翻译莎士比亚的诗体剧文。这个任务，是朱生豪先生无法完成的。朱先生说过，他在翻译莎士比亚作品时，"当然预备全部用散文译出，否则将要了我的命"。[1] 显然，朱先生也考虑过用诗体来翻译莎士比亚著作的问题，但是他的结论是：第一，靠单独一个人用诗体翻译《莎士比亚全集》是办不到的，会因此累死；第二，他用散文翻译也是不得已的办法，因为只有这样他才有可能在有生之年完成《莎士比亚全集》的翻译工作。

将《莎士比亚全集》翻译成诗体比翻译成散文体要难得多。难到什么程度呢？和朱生豪先生的翻译进度比较一下就知道了。朱先生翻译得最快的时候，一天可以翻译一万字。[2] 为什么会这么快？朱先生才华过人，这当然是一个因素，但关键因素是：他是用散文翻译的。用真正的诗体就不一样了。以笔者自己的体验，今日照样用散文翻译莎士比亚剧本，最快时也可达到每日一万字。这是因为今日的译者有比以前更完备的注释本和众多的前辈汉译本作参考，至少在理解原著时，要比朱先生当年省力得多，所以翻译速度上最高达到一万字是不难的。但是翻译成诗体就是另外一回事了。这比自己写诗还要难得多。写诗是自己随意发挥，译诗则必须按照别人的意思发挥，等于是戴着镣铐跳舞。笔者自己写诗，诗兴浓时，一天数百行都可以写得出来，但是翻译诗，一天只能是几十行，统计成字数，往往还不到一千字，最多只是朱生豪先生散文翻译速度的十分之一。梁实秋先生翻译《莎士比亚全集》用的也是散文，但是也花了 37 年，如果要翻译成真正的诗体，那么至少得 370 年！由此可见，真正的诗体《莎士比亚全集》汉译本的诞生，有多么艰难。此次笔者约稿的各位译者，都是用诗体翻译，并且都表示花费了大量的时间，

---

1　见朱生豪大约在 1936 年夏致宋清如信："今天下午，我试译了两页莎士比亚，还算顺利，不过恐怕终于不过是 Poor Stuff 而已。当然预备全部用散文译出，否则将要了我的命。"（《伉俪：朱生豪宋清如诗文选》下卷，中国青年出版社，2013 年，第 94 页）

2　朱生豪："今天因为提起了精神，却很兴奋，晚上译了六千字，今天一共译一万字。"（同上，第 101 页）

皇家版《莎士比亚全集》译本凝聚了诸位译者的多少努力，也就不言而喻了。

## 翻译诗体分辨：不是分了行就是真正的诗

主张将莎士比亚剧作翻译成诗体成了共识，但是什么才是诗体，却缺乏共识。在白话诗盛行的时代，许多人只是简单地认定分了行的文字就是诗这个概念。分行只是一个初级的现代诗要求，甚至不必是必然要求，因为有些称为诗的文字甚至连分行形式都没有。不过，在莎士比亚作品的翻译上，要让译文具有诗体的特征，首先是必定要分行的，因为莎士比亚原作本身就有严格的分行形式。这个不用多说。但是译文按莎士比亚的方式分了行，只是达到了一个初级的低标准。莎士比亚的剧文读起来像不像诗，还大有讲究。

卞之琳先生对此是颇有体会的。他的译本是分行式诗体，但是他自己也并不认为他译出的莎士比亚剧本就是真正的诗体译本。他说：读者阅读他的译本时，"如果……不感到是诗体，不妨就当散文读，就用散文标准来衡量"。[1] 这是一个诚实的译者说出的诚实话。不过，卞先生很谦虚，他有许多剧文其实读起来还是称得上诗体的。原因是什么？原因是他注意到了笔者上文提到的两点：第一，诗的措辞；第二，诗的节奏。只不过他迫于某些客观原因，并没有自始至终侧重这方面的追求而已。

显然，一些译本翻译了莎士比亚的剧文，在行数上靠近莎士比亚原作，措辞也还流畅。这些是不是就是理想的诗体莎士比亚译本呢？笔者认为，这还不够。什么是诗，对于中国人来说有几千年的历史，我们不

---

1 卞之琳：《莎士比亚悲剧四种》，方志出版社，2007年，第4页。

能脱离这个悠久的传统来讨论这个问题。为此，我们不得不重新提到一些基本概念：什么是诗？什么是诗歌翻译？

## 诗歌是语言艺术，诗歌翻译也就必须是语言艺术

讨论诗歌翻译必须从讨论诗歌开始。

诗主情。诗言志。诚然。但诗歌首先应该是一种精妙的语言艺术。同理，诗歌的翻译也就不得不首先表现为同类精妙的语言艺术。若译者的语言平庸而无光彩，与原作的语言艺术程度差距太远，那就最多只是原诗含义的注释性文字，算不得真正的诗歌翻译。

那么，何谓诗歌的语言艺术？

无他，修辞造句、音韵格律一整套规矩而已。无规矩不成方圆，无限制难成大师。奥运会上所有的技能比赛，无不按照特定的规矩来显示参赛者高妙的技能。德国诗人歌德（Johann Wolfgang von Goethe）《自然和艺术》（"Natur und Kunst"）一诗最末两行亦彰扬此理：

非限制难见作手，

唯规矩予人自由。[1]

艺术家的"自由"，得心应手之谓也。诗歌既为语言艺术，自然就有一整套相应的语言艺术规则。诗人应用这套规则时，一旦达到得心应手的程度，那就是达到了真正成熟的境界。当然，规矩并非一点都不可打破，但只有能够将规矩使用到随心所欲而不逾矩的程度的人，才真正有资格去创立新规矩，丰富旧规矩。创新是在承传旧规则长处的基础上来进行的，而不是完全推翻旧规则，肆意妄为。事实证明，在语言艺术上

---

1 In der Beschränkung zeigt sich erst der Meister, / Und das Gesetz nur kann uns Freiheit geben. 参见 http://www.business-it.nl/files/7d413a5dca62fc735a072b16fbf050b1-27.php.

凡无视积淀千年的诗歌语言规则，随心所欲地巧立名目、乱行胡来者，
永不可能在诗歌语言艺术上取得大的成就，所以歌德认为：

> 若徒有放任习性，
> 则永难至境遨游。[1]

诗歌语言艺术如此需要规则，如此不可放任不羁，诗歌的翻译自然
也同样需要相类似的要求。这个要求就是笔者前面提出的主张：若原诗
是精妙的语言艺术，则理论上说来，译诗也应是同类精妙的语言艺术。

但是，"同类"绝非"同样"。因为，由于原作和译作使用的语言载
体不一样，其各自产生的语言艺术规则和效果也就各有各的特点，大多
不可同样复制、照搬。所以译作的最高目标，是尽可能在译入语的语言
艺术领域达到程度大致相近的语言艺术效果。这种大致相近的艺术效果
程度可叫作"最佳近似度"。它实际上也就是一种翻译标准，只不过针
对不同的文类，最佳近似度究竟在哪些因素方面可最佳程度地（并不一
定是最大程度地）取得近似效果，不是一成不变的，而是具有高度的灵
活性。不同的文类，甚至针对不同的受众，我们都可以设定不同的最佳
近似度。这点在拙著《中西诗比较鉴赏与翻译理论》（清华大学出版社，
2010 年）的相关章节中有详细的厘定，此不赘。

## 话与诗的关系：话不是诗

古人的口语本来就是白话，与现在的人说的口语是白话一个道理。

---

1　Vergebens werden ungebundene Geister / Nach der Vollendung reiner Höhe streben.
参 见 http://www.cosmiq.de/qa/show/3454062/Vergebens-werden-ungebundne-Geister-
Nach-der-Vollendung-reiner-Hoehe-streben-Was-ist-die-Bedeutung-dieser-2-Verse-Ich-komm-
nicht-drauf/t.

正因为白话太俗，不够文雅，古人慢慢将白话进行改进，使它更加规范、更加准确，并且用语更加丰富多彩，于是文言产生。在文言的基础上，还有更文的文字现象，那就是诗歌，于是诗歌产生。所以就诗歌而言，文言味实际上就是一种特殊的诗味。文言有浅近的文言，也有佶屈聱牙的文言。中国传统诗歌绝大多数是浅近的文言，但绝非口语、白话。诗中有话的因素，自不待言，但话的因素往往正是诗试图抑制的成分。

文言和诗歌的产生是低俗的口语进化到高雅、准确层次的标志。文言和诗歌的进一步发展使得语言的艺术性愈益增强。最终，文言和诗歌完成了艺术性语言的结晶化定型。这标志着古代文学和文学语言的伟大进步。《诗经》、楚辞、唐诗、宋词、元明戏曲，以及从先秦、汉、唐、宋、元至明清的散文等，都是中国语言艺术逐步登峰造极的明证。

人们往往忘记：话不是诗，诗是话的升华。话据说至少有**几十万年**的历史，而诗却只有**几千年**的历史。白话通过漫长的岁月才升华成了诗。因此，从理论上说，白话诗不是最好的诗，而只是低层次的、初级的诗。当一行文字写得不像是话时，它也许更像诗。"太阳落下山去了"是话，硬说它是诗，也只是平庸的诗，人人可为。而同样含义的"白日依山尽"不像是话，却是真正的诗，非一般人可为，只有诗人才写得出。它的语言表达方式与一般人的通用白话脱离开来了，实现了与通用语的偏离（deviation from the norm）。这里的通用语指人们天天使用的白话。试想把唐诗宋词译成白话，还有多少诗味剩下来？

谢谢古代先辈们一代又一代、不屈不挠的努力，话终于进化成了诗。

但是，20世纪初一些激进的中国学者鼓荡起一场声势浩大的白话文运动。

客观说来，用白话文来书写、阅读自然科学和人文科学文献，例如哲学、政治学、伦理学、经济学等等文献，这都是**伟大的进步**。这个进步甚至可以上溯到八百多年前朱熹等大学者用白话体文章传输理学思想。
对此笔者非常拥护，非常赞成。

但是约一百年前的白话诗运动却未免走向了极端，事实上是一种语
言艺术方面的倒退行为。已经高度进化的诗词曲形式被强行要求返祖回
归到三千多年前的类似白话的状态，已经高度语言艺术化了的诗被强行
要求退化成话。艺术性相对较低的白话反倒成了正统，艺术性较高的诗
反倒成了异端。其实，容许口语类白话诗和文言类诗并存，这才是正确
的选择。但一些激进学者故意拔高白话地位，在诗歌创作领域搞成白话
至上主义，这就走上了极端主义道路。

这个运动影响到诗歌翻译的结果是什么呢？结果是西方所有的大诗
人，不论是古代的还是近代的，如荷马（Homer）、但丁（Dante）、莎士
比亚、歌德、雨果（Victor Hugo）、普希金（Alexander Pushkin）……都
莫名其妙地似乎用同一支笔写出了 20 世纪初才出现的味道几乎相同的白
话文汉诗！

将产生这种极端性结果的原因再回推，我们会清楚地明白，当年的
某些学者把文学艺术简单雷同于人文社会科学，误解了文学艺术，尤其
是诗歌艺术的特殊性质，误以为诗就是话，混淆了诗与话的形式因素。

## 针对莎士比亚戏剧诗的翻译对策

由上可知，莎士比亚的剧文既然大多是格律诗，无论有韵无韵，它
们都是诗，都有格律性。因此在汉译中，我们就有必要显示出它具有格
律性，而这种格律性就是诗性。

问题在于，格律性是附着在语言形式上的；语言改变了，附着其上
的格律性也就大多会消失。换句话说，格律大多不可复制或模仿，这就

正如用钢琴弹不出二胡的效果，用古筝奏不出黑管的效果一样。但是，原作的内在旋律是可以模仿的，只是音色变了。原作的诗性是可以换个形式营造的，这就是利用汉语本身的语言特点营造出大略类似的语言艺术审美效果。

由于换了另外一种语言媒介，原作的语音美设计大多已经不能照搬、复制，甚至模拟了，那么我们就只好断然舍弃掉原作的许多语音美设计，而代之以译入语自身的语言艺术结构产生的语音美艺术设计。当然，原作的某些语音美设计还是可以尝试模拟保留的，但在通常的情况下，大多数的语音美已经不可能传输或复制了。

利用汉语本身的语音审美特点来营造莎士比亚诗歌的汉译语音审美效果，是莎士比亚作品翻译的一个有效途径。机械照搬原作的语音审美模式多半会失败，并且在大多数的场合下也没有必要。

具体说来，这就涉及翻译莎士比亚戏剧作品时该如何处理：1）节奏；2）韵律；3）措辞。笔者主张，在这三个方面，我们都可以适当借鉴利用中国古代词曲体的某些因素。戏剧剧文中的诗行一般都不宜多用单调的律诗和绝句体式。元明戏剧为什么没有采用前此盛行的五言或七言诗行而采用了长短错杂、众体皆备的词曲体？这是一种艺术形式发展的必然。元明曲体由于要更好更灵活地满足抒情、叙事、论理等诸多需要，故借用发展了词的形式，但不是纯粹的词，而是融入了民间语汇。词这种形式涵盖了 言、二言、三言、四言、五言、六言、七言、八言……乃至十多言的长短句式，因此利于表达变化莫测的情、事、理。从这个意义上看，莎士比亚剧文语言单位的参差不齐状态与中文词曲体句式的参差不齐状态正好有某种相互呼应的效果。

也许有人说，莎士比亚的剧文虽然是格律诗，但并不怎么押韵，因此汉诗翻译也就不必押韵。这个说法也有一定道理，但是道理并不充实。

首先，我们应该明白，既然莎士比亚的剧文是诗体，人们读到现今的散体译文或不押韵的分行译文却难以感受到其应有的诗歌风味，原因即在于其音乐性太弱。如果人们能够照搬莎士比亚素体诗所惯常用的音步效果及由此引起的措辞特点，当然更好。但事实上，原作的节奏效果是印欧语系语言本身的效果，换了一种语言，其效果就大多不能搬用了，所以我们只好利用汉语本身的优势来创造新的音乐美。这种音乐美很难说是原作的音乐美，但是它毕竟能够满足一点：即诗体剧文应该具有诗歌应有的音乐美这个起码要求。而汉译的押韵可以强化这种音乐美。

其次，莎士比亚的剧文不押韵是由诸多因素造成的。第一，属于印欧语系语言的英语在押韵方面存在先天的多音节不规则形式缺陷，导致押韵词汇范围相对较窄。所以对于英国诗人来说，很苦于押韵难工；莎士比亚的许多押韵体诗，例如十四行诗，在押韵方面都不很工整。其次，莎士比亚的剧文虽不押韵，却在节奏方面十分考究，这就弥补了音韵方面的不足。第三，莎士比亚的剧文几乎绝大多数是诗行，对于剧作者来说，每部长达两三千行的诗行行都要押韵，这是一个极大的挑战，很难完成。而一旦改用素体，剧作者便会轻松得多。但是，以上几点对于汉语译本则不是一个问题。汉语的词汇及语音构成方式决定了它天生就是一种有利于押韵的艺术性语言。汉语存在大量同韵字，押韵是一件很容易的事情。汉语的语音音调变化也比莎士比亚使用的英语的音调变化空间大一倍以上。汉语音调至少有四种（加上轻重变化可达六至八种），而英语的音调主要局限于轻重语调两种，所以存在于印欧语系文字诗歌中的频频押韵有时会产生的单调感，在汉语中会在很大程度上由于语调的多变而得到缓解。故汉语戏剧剧文在押韵方面有很大的潜在优势空间，实际上元明戏剧剧文频频押韵就是证明。

第三，莎士比亚的剧文虽然很多不押韵，但却具极强的节奏感。他惯用的格律多半是抑扬格五音步（iambic pentameter）诗行。如果我们在节奏方面难以传达原作的音美，或者可以通过韵律的音美来弥补节奏美的丧失，这种翻译对策谓之堤内损失堤外补，亦谓失之东隅，收之桑榆。我们的语言在某方面有缺陷，可以通过另一方面的优点来弥补。当然，笔者主张在一定程度上借鉴利用传统词曲的风味，却并不主张使用宋词、元曲式的严谨格律，而只是追求一种过分散文化和过分格律化之间的妥协状态。有韵但是不严格，要适当注意平仄，但不过多追求平仄效果及诗行的整齐与否；不必有太固定的建行形式，只是根据诗歌本身的内容和情绪赋予适当的节奏与韵式。在措辞上则保持与白话有一段距离，但是绝非佶屈聱牙的文言，而是趋近典雅、但普通读者也能读懂的语言。

最后，根据翻译标准多元互补论原理，由于莎士比亚作品在内容、形式及审美效应方面具有多样性，因此，只用一种类乎纯诗体译法来翻译所有的莎士比亚剧文，也是不完美的，因为单一的做法也许无形中堵塞了其他有益的审美趣味通道。因此，这套译本的译风虽然整体上强调诗化、诗味，但是在营造诗味的途径和程度上不是单一的。我们允许诗体译风的灵活性和创新性。多译者译法实际上也是在探索诗体译法的诸多可能性，这为我们将来进一步改进这套译本铺垫了一条较宽的道路。因此，译文从严格押韵、半押韵到不押韵的各个程度，译本都有涉猎。但是，无论是否押韵，其节奏和措辞应该总是富于诗意，这个要求则是统一的。这是我们对皇家版《莎士比亚全集》译本的语言和风格要求。不能说我们能完全达到这个目标，但我们是往这个方向努力的。正是这样的努力，使这套译本与前此译本有很大的差异，在一定的意义上来说，标志着中国莎士比亚著作翻译的一次大转折。

## 翻译突破：还原莎士比亚作品禁忌区域

另有一个课题是中国学者从前讨论得比较少的禁忌领域，即莎士比亚著作中的性描写现象。

　　许多西方学者认为，莎士比亚酷爱色情字眼，他的著作渗透着性描写、性暗示。只要有机会，他就总会在字里行间，用上与性相联系的双关语。西方人很早就搜罗莎士比亚著作的此类用语，编纂了莎士比亚淫秽用语词典。这类词典还不止一种。1995 年，我又看到弗朗基·鲁宾斯坦（Frankie Rubinstein）等编纂了《莎士比亚性双关语释义词典》（*A Dictionary of Shakespeare's Sexual Puns and Their Significance*），厚达 372 页。

　　赤裸裸的性描写或过多的淫秽用语在传统中国文学作品中是受到非议的，尽管有《金瓶梅》这样被判为淫秽作品的文学现象，但是中国传统的主流舆论还是抑制这类作品的。莎士比亚的作品固然不是通常意义上的淫秽作品，但是它的大量实际用语确实有很强的色情味。这个极鲜明的特点恰恰被前此的所有汉译本故意掩盖或在无意中抹杀掉。莎士比亚的所有汉译者，尤其是像朱生豪先生这样的译者，显然不愿意中国读者看到莎士比亚的文笔有非常泼辣的大量使用性相关脏话的特点。这个特点多半都被巧妙地漏译或改译。于是出现一种怪现象，莎士比亚著作中有些大段的篇章变成汉语后，尽管读起来是通顺的，读者对这些话语却往往感到莫名其妙。以《罗密欧与朱丽叶》第一幕第一场前面的 30 行台词为例，这是凯普莱特家两个仆人山普孙与葛莱古里之间的淫秽对话。但是，读者阅读过去的汉译本时，很难看到他们是在说淫秽的脏话，甚至会认为这些对话只是仆人之间的胡话，没有什么意义。

　　不过，前此的译本对这类用语和描写的态度也并不完全一样，而是依据年代距离在逐步改变。朱生豪先生的译本对这些东西删除改动得最多，梁实秋先生已经有所保留，但还是有节制。方平先生等的译本保留得更多一些，但仍然持有相当的保留态度。此外，从英语的不同版本看，有的版本注释得明白，有的版本故意模糊，有的版本注释者自己也没有弄懂这些双关语，那就更别说中国译者了。

在这一点上，我们目前使用的皇家版《莎士比亚全集》是做得最好的。

那么，我们该怎样来翻译莎士比亚的这种用语呢？是迫于传统中国道德取向的习惯巧妙地回避，还是尽可能忠实地传达莎士比亚的本真用意？我们认为，前此的译本依据各自所处时代的中国人道德价值的接受状态，采用了相应的翻译对策，出现了某种程度的曲译，这是可以理解的，是特定历史条件下的产物。但是，历史在前进，中国人的道德观已经有了很大的改变，尤其是在性禁忌领域。说实话，无论我们怎样真实地还原莎士比亚著作中的性双关描写，比起当代文学作品中有时无所忌讳的淫秽描写来，莎士比亚还真是有小巫见大巫的感觉。换句话说，目前中国人在这方面的外来道德价值接受状态，已经完全可以接受莎士比亚著作中的性双关用语了。因此，我们的做法是尽可能真实还原莎士比亚性相关用语的现象。在通常的情况下，如果直译不能实现这种现象的传输，我们就采用注释。可以说，在这方面，目前这个版本是所有莎士比亚汉译本中做得最超前的。

## 译法示例

莎士比亚作品的文字具有多种风格，早期的、中期的和晚期的语言风格有明显区别，悲剧、喜剧、历史剧、十四行诗的语言风格也有区别。甚至同样是悲剧或喜剧，莎士比亚的语言风格往往也会很不相同。比如同样是属于悲剧，《罗密欧与朱丽叶》剧文中就常常有押韵的段落，而大悲剧《李尔王》却很少押韵；同样是喜剧，《威尼斯商人》是格律素体诗，而《快乐的温莎巧妇》却大多是散文体。

与此现象相应，我们的翻译当然也就有多种风格。虽然不完全一一对应，但我们有意避免将莎士比亚著作翻译成千篇一律的一种文体。从这个意义上说，皇家版《莎士比亚全集》汉译本在某些方面采用了全新的译法。这种全新译法不是孤立的一种译法，而是力求展示多种翻译风格、多种审美尝试。多样化为我们将来精益求精提供了相对更多的选择。如果现在固定为一种单一的风格，那么将来要想有新的突破，就困难了。概括说来，我们的多种翻译风格主要包括：1）有韵体诗词曲风味译法；2）有韵体现代文白融合译法；3）无韵体白话诗译法。下面依次选出若干相应风格的译例，供读者和有关方面品鉴。

**一、有韵体诗词曲风味译法**

有韵体诗词曲风味译法注意使用一些传统诗词曲中诗味比较浓郁的词汇，同时注意遣词不偏僻，节奏比较明快，音韵也比较和谐。但是，它们并不是严格意义上的传统诗词曲，只是带点诗词曲的风味而已。例如：

**女巫甲**　　何时我等再相逢？

　　　　　　闪电雷鸣急雨中？

**女巫乙**　　待到硝烟烽火静，

　　　　　　沙场成败见雌雄。

**女巫丙**　　残阳犹挂在西空。　　　　　　（《麦克白》第一幕第一场）

**小丑甲**　　当时年少爱风流，

　　　　　　有滋有味有甜头；

　　　　　　行乐哪管韶华逝，

　　　　　　天下柔情最销愁。　　　　　　（《哈姆莱特》第五幕第一场）

**朱丽叶**　天未曙，罗郎，何苦别意匆忙？
　　　　鸟音啼，声声亮，惊骇罗郎心房。
　　　　休听作破晓云雀歌，只是夜莺唱，
　　　　石榴树间，夜夜有它设歌场。
　　　　信我，罗郎，端的只是夜莺轻唱。

**罗密欧**　不，是云雀报晓，不是莺歌，
　　　　看东方，无情朝阳，暗洒霞光，
　　　　流云万朵，镶嵌银带飘如浪。
　　　　星斗如烛，恰似残灯剩微芒，
　　　　欢乐白昼，悄然驻步雾嶂群岗。
　　　　奈何，我去也则生，留也必亡。

**朱丽叶**　听我言，天际微芒非破晓霞光，
　　　　只是金乌，吐射流星当空亮，
　　　　似明炬，今夜为郎，朗照边邦，
　　　　何愁它曼托瓦路，漫远悠长。
　　　　且稍待，正无须行色皇皇仓仓。

**罗密欧**　纵身陷人手，蒙斧钺加诛于刑场；
　　　　只要这勾留遂你愿，我欣然承当。
　　　　让我说，那天际灰朦，非黎明醒眼，
　　　　乃月神眉宁，幽幽映现，淡淡辉光；
　　　　那歌鸣亦非云雀之讴，哪怕它
　　　　嚣然振动于头上空冥，嘹亮高亢。
　　　　我巴不得栖身此地，永不他往。
　　　　来吧，死亡！倘朱丽叶愿遂此望。
　　　　如何，心肝？畅谈吧，趁夜色迷茫。

　　　　　　　　　　　　（《罗密欧与朱丽叶》第三幕第五场）

## 二、有韵体现代文白融合译法

有韵体现代文白融合译法的特点是：基本押韵，措辞上白话与文言尽量能够水乳交融；充分利用诗歌的现代节奏感，俾便能够念起来朗朗上口。例如：

**哈姆莱特** 死，还是生？这才是问题根本：

莫道是苦海无涯，但操戈奋进，

终赢得一片清平；或默对逆运，

忍受它箭石交攻，敢问，

两番选择，何为上乘？

死灭，睡也，倘借得长眠

可治心伤，愈千万肉身苦痛痕，

则岂非美境，人所追寻？死，睡也，

睡中或有梦魇生，唉，症结在此；

倘能撒手这碌碌凡尘，长入死梦，

又谁知梦境何形？念及此忧，

不由人踌躇难定：这满腹疑情

竟使人苟延年命，忍对苦难平生。

假如借短刀一柄，即可解脱身心，

谁甘愿受人世的鞭挞与讥评，

强权者的威压，傲慢者的骄横，

失恋的痛楚，法律的耽延，

官吏的暴虐，甚或默受小人

对贤德者肆意拳脚加身？

谁又愿肩负这如许重担，

流汗、呻吟，疲于奔命，

倘非对死后的处境心存疑云，

惧那未经发现的国土从古至今
无孤旅归来，意志的迷惘
使我辈宁愿忍受现世的忧闷，
而不敢飞身投向未知的苦境？
前瞻后顾使我们全成懦夫，
于是，本色天然的决断决行，
罩上了一层思想的惨淡余阴，
只可惜诸多待举的宏图大业，
竟因此如逝水忽然转向而行，
失掉行动的名分。　　　　　　（《哈姆莱特》第三幕第一场）

**麦克白**　　若做了便是了，则快了便是好。
若暗下毒手却能横超果报，
割人首级却赢得绝世功高，
则一击得手便大功告成，
千了百了，那么此际此宵，
身处时间之海的沙滩、岸畔，
何管它来世风险逍遥。但这种事，
现世永远有裁判的公道：
教人杀戮之策者，必受杀戮之报；
给别人下毒者，自有公平正义之手
让下毒者自食盘中毒肴。　　　　（《麦克白》第一幕第七场）

损神，耗精，愧煞了浪子风流，
都只为纵欲眠花卧柳，
阴谋，好杀，赌假咒，坏事做到头；

心毒手狠，野蛮粗暴，背信弃义不知羞。

才尝得云雨乐，转眼意趣休。

舍命追求，一到手，没来由

便厌腻个透。呀恰，恰像是钓钩，

但吞香饵，管教你六神无主不自由。

求时疯狂，得时也疯狂，

曾有，现有，还想有，要玩总玩不够。

适才是甜头，转瞬成苦头。

求欢同枕前，梦破云雨后。

唉，普天下谁不知这般儿歹症候，

却避不得便往这通阴曹的天堂路儿上走！

（十四行诗第一百二十九首）

### 三、无韵体白话诗译法

无韵体白话诗译法的特点是：虽然不押韵，但是译文有很明显的和谐节奏，措辞畅达，有诗味，明显不是普通的口语。例如：

**贡妮芮**　父亲，我爱您非语言所能表达；

胜过自己的眼睛、天地、自由；

超乎世上的财富或珍宝；犹如

德貌双全、康强、荣誉的生命。

子女献爱，父亲见爱，至多如此；

这种爱使言语贫乏，谈吐空虚：

超过这一切的比拟——我爱您。（《李尔王》第一幕第一场）

**李尔**　国王要跟康沃尔说话，慈爱的父亲

要跟他女儿说话，命令、等候他们服侍。

这话通禀他们了吗？我的气血都飙起来了！
火爆？火爆公爵？去告诉那烈性公爵——
不，还是别急：也许他是真不舒服。
人病了，常会疏忽健康时应尽的
责任。身子受折磨，
逼着头脑跟它受苦，
人就不由自主了。我要忍耐，
不再顺着我过度的轻率任性，
把难受病人偶然的发作，错认是
健康人的行为。我的王权废掉算了！
为什么要他坐在这里？这种行为
使我相信公爵夫妇不来见我
是伎俩。把我的仆人放出来。
去跟公爵夫妇讲，我要跟他们说话，
现在就要。叫他们出来听我说，
不然我要在他们房门前打起鼓来，
不让他们好睡。　　　　　（《李尔王》第二幕第二场）

奥瑟罗　　诸位德高望重的大人，
　　　　　我崇敬无比的主子，
　　　　　我带走了这位元老的女儿，
　　　　　这是真的；真的，我和她结了婚，说到底，
　　　　　这就是我最大的罪状，再也没有什么罪名
　　　　　可以加到我头上了。我虽然
　　　　　说话粗鲁，不会花言巧语，
　　　　　但是七年来我用尽了双臂之力，

直到九个月前，我一直
都在战场上拼死拼活，
所以对于这个世界，我只知道
冲锋向前，不敢退缩落后，
也不会用漂亮的字眼来掩饰
不漂亮的行为。不过，如果诸位愿意耐心听听，
我也可以把我没有化装掩盖的全部过程，
一五一十地摆到诸位面前，接受批判：
我绝没有用过什么迷魂汤药、魔法妖术，
还有什么歪门邪道——反正我得到他的女儿，
全用不着这一套。　　　　　（《奥瑟罗》第一幕第三场）

# 目　录

# 《两贵亲》导言

　　莎士比亚的《两贵亲》与约翰·弗莱彻 [1] 合作写成，其来源是乔叟（Chaucer）《坎特伯雷故事集》（*Canterbury Tales*）中第一个也是最具贵族精神的故事，即悲剧性的《骑士的故事》。两个近亲兄弟因追求同一位姑娘而反目，这在莎士比亚早期的许多作品中是人们熟知的主题。文体研究表明，莎士比亚主要写了第一幕与最后一幕，而弗莱彻则写了此剧的中间部分。剧中最感人的部分是乔叟的故事所没有的，那几场戏讲述了狱吏女儿因未能获得浮华的帕拉蒙的爱情而发疯的故事。这几场戏是弗莱彻按莎士比亚的剧本风格撰写的，这位年纪较轻的剧本合作撰写人显然深受其搭档最著名的创造之一——因爱而疯的奥菲利娅（Ophelia）——的影响。

　　最后一幕用无韵体白话诗写成，独具莎士比亚晚期风格的柔韧灵巧，其间，两位表兄弟通过骑士式的单挑独斗来争夺爱米丽娅。阿赛特宣誓忠于战神玛尔斯（Mars），理由是在比武竞技场上最应该求助战神，而帕拉蒙则向爱情女神维纳斯（Venus）效忠，认为争斗的目的本来就是夺取

---

1　约翰·弗莱彻（John Fletcher，1579—1625）：英国伊丽莎白一世时期重要诗人、剧作家。——译者附注

爱情。爱米丽娅对两人同样钦慕，便向贞节女神狄安娜（Diana）求助，希望最爱她的那一个能赢得比武，若赢不了，不如两人都死去，留下她成为永世的处女。这里似乎存在着一个悲剧困境：阿赛特向战神祈祷，他将赢得比武，但帕拉蒙向维纳斯祈祷，他应该得到爱的奖励。结果，命运玩了一个微妙的游戏，用主持比武的忒修斯的话来说，就是："失败者得胜，/ 胜利者却失掉一切。"[1] 阿赛特赢得比武，但胜利只持续了片刻，他在随后的庆祝骑行中意外跌下马去，受伤毙命。浪漫英雄帕拉蒙理所当然地赢得浪漫的果实爱米丽娅，但这一"喜剧性"补偿却以其他人的痛苦为前提。帕拉蒙感叹道："兄弟啊，/ 我们欲求之物竟要使我们失去 / 追求的欲念！难道珍贵的爱情 / 非失去珍爱不能购得？"[2] 这一悖论恰好表达了莎士比亚和弗莱彻对世界本质既喜且悲的观点。

《两贵亲》有婚丧排场，有乡民扮狒狒的莫里斯舞会，也有骑士在各自崇拜的古代神祇庙前跪拜行礼，这一切正好迎合了詹姆斯朝后期剧院观众对炫目场面的口味。这种特效之所以占有相当篇幅，可能与本剧的创作时期有关：当时，环球剧场 1613 年大火之后正在重建，本剧似乎是国王剧团为黑衣修士剧场这类小型室内剧院创作的少数剧本之一。在较小的戏台上，各种人工特效得到更为准确的控制，而在环球剧场那种观众拥挤的露天舞台上，控制效果就不那么容易了。引人注意的是，剧末收场白致辞以"晚安，各位先生"结尾，它告诉我们，在离出庭律师公会不远的黑衣修士剧场中，男性观众居多，所占比例远远高于环球剧场。

本剧展现了当时各种时髦内容，但同时也保留了莎士比亚写于伊丽莎白时代的那些喜剧的元素。本剧的剧名让人想起《维洛那二绅士》（*The*

---

1　见第五幕第四场。——译者附注
2　见第五幕第四场。——译者附注

Two Gentlemen of Verona），剧情核心部分那一长段展现纠结恋情的情节，以雅典城外的森林为背景，从结构上就不由人不想起《仲夏夜之梦》（A Midsummer Night's Dream）。无论是语言还是处理友谊—性爱关系的方式，表明莎士比亚在学习弗莱彻的一些新技巧的同时，依然没有放弃过去的东西。

有一个段落特别明显地体现了《仲夏夜之梦》及那首最受欢迎的爱情诗《维纳斯与阿多尼》（Venus and Adonis）的特点。奥维德（Ovid）的《变形记》（Metamorphoses）再次成为思考欲望与身份的模板。爱米丽娅回忆起弗莱维娜，说自己从小就喜欢她，说起两人将鲜花放在对方隆起的乳房间，乳房就像一只"无邪的摇床，让花如凤凰／在纯香中死去"。[1] 在《维纳斯与阿多尼》中，枯萎的鲜花象征着未成正果的爱情，而凤凰与玳瑁则出现在莎士比亚那首关于婚姻的诗中，该诗收录于罗伯特·切斯特的《殉情恋人》（Loves Martyr）中，[2] 两个意象象征着男女之间相互倾心的爱情。在爱米丽娅的意象中，两把鲜花成为两只凤凰，与宣称同性之爱完美无瑕的那只独特的飞鸟形成奇妙对照。那段台词结尾时说："少女与少女间的那种纯真友爱／比异性之爱更加深沉。"[3]《两贵亲》有悲剧因素：同性之爱为异性之恋瓦解，也受到不同神祇相互矛盾的要求的干扰，后者体现在最后一幕剧中人物向各自的神坛供奉祭祀之时。爱米丽娅记忆中两位思春少女的暂时结合，无法在帕拉蒙和阿赛特之间得到复制。莎士比亚最终展示的性欲关系是非此即彼无可调和的。《仲夏夜之

---

1　见第一幕第三场。——译者附注

2　罗伯特·切斯特（Robert Chester）：生卒年不详，莎士比亚同时代诗人，《殉情恋人》出版于 1601 年，收录了切斯特的同题长诗以及莎士比亚、本·琼森等人的一些短诗。——译者附注

3　见第一幕第三场。——译者附注

梦》以忒修斯与希波吕忒的婚礼庆典结尾，而《两贵亲》一开始就出现三位搅局的寡后，从此剧情便迅速朝婚礼相反的方向发展。失去的弗莱维娜正是提泰妮娅（Titania）所爱过的那位已死去的女信徒，[1]但后者死时尚未堕入情欲，没有给莎士比亚的喜剧制造那么多的混乱。她代表着莎士比亚对前情欲爱情[2]的向往，那种爱情完全没有控制欲望。

## 参考资料

**作者**：莎士比亚与约翰·弗莱彻合著。通常认为，此剧由两人分工合作完成，但也无法排除这样的可能，即弗莱彻根据莎士比亚尚不完整的作品修订而成。大多数学者对下面的分工意见一致，即莎士比亚写了开头和结尾，弗莱彻写了中间部分（包括关于狱吏女儿的情节副线）：

| | |
|---|---|
| 开场诗 | 弗莱彻 |
| 第一幕 | 莎士比亚 |
| 第二幕第一场 | 莎士比亚 |
| 第二幕第二场至第六场 | 弗莱彻 |
| 第三幕第一场至第二场 | 莎士比亚（第三幕第二场存疑） |
| 第三幕剩余部分 | 弗莱彻 |
| 第四幕 | 弗莱彻（第四幕第二场存疑） |
| 第五幕第一场 | 莎士比亚（开场1—38行存疑） |

---

1　提泰妮娅是《仲夏夜之梦》一剧中的仙后，收养了其女信徒的遗腹子。——译者附注

2　前情欲爱情（pre-sexual love）：即尚未有情欲因素掺杂其中的纯粹爱情，多指少女之间的爱恋。——译者附注

| | |
|---|---|
| 第五幕第二场 | 弗莱彻 |
| 第五幕第三场至第四场 | 莎士比亚 |
| 收场白 | 弗莱彻 |

**剧情：** 雅典公爵忒修斯与希波吕忒婚礼当天，三位王后前来求助，请忒修斯为她们在与底比斯[1]王克瑞翁的战争中阵亡的丈夫提供合乎身份礼仪的安葬。在底比斯，"两贵亲"帕拉蒙与阿赛特意识到，祖国城池有险，须暂时搁置对克瑞翁暴政的痛恨。但尽管他们在战场上英勇拼杀，获胜的还是忒修斯。囚禁于雅典的两兄弟无意中瞥见希波吕忒的妹妹爱米丽娅，一见钟情。阿赛特获得自由，但却乔装打扮潜回底比斯，而帕拉蒙则在爱上他的狱吏女儿的帮助下从监狱脱逃。表兄弟两人碰巧相遇，约定用一场你死我活的决斗来确定爱的权利归属。决斗恰好被忒修斯撞见，他被说服改变对两人的死刑判决，提出用比武来决定谁能娶左右为难的爱米丽娅，谁会掉脑袋。狱吏女儿因爱情得不到回报而心智恍惚，但接受了假扮帕拉蒙的前情人的求婚。比武前，阿赛特向战神玛尔斯求助，帕拉蒙向维纳斯献祭，而爱米丽娅则向狄安娜祈祷，希望最爱她的那一位能取胜。阿赛特虽然获胜，却在帕拉蒙被处死前从马上摔下身亡，临终之际，他将爱米丽娅托付给了他的兄弟。

**主要角色：**（列有台词行数百分比/台词段数/上场次数）帕拉蒙（18%/139/8），阿赛特（16%/132/10），爱米丽娅（11%/64/10），忒修斯（10%/70/9），狱吏女儿（10%/54/9），狱吏（4%/64/5），庇里托俄斯（4%/37/9），求婚者（3%/38/3），希波吕忒（3%/25/9），乡校先生（3%/19/1），

---

1　底比斯（Thebes）：亦译忒拜，古希腊维奥蒂亚地区主要城市。——译者附注

医生（2%/30/2），王后甲（2%/12/3）

**语体风格：** 诗体约占 95%，散体约占 5%。

**创作年代：** 1613—1614 年。莫里斯舞的情节取自弗朗西斯·博蒙特[1]编剧、1613 年 2 月上演的《内殿公会与格雷公会的假面舞会》（*Masque of the Inner Temple and Gray's Inn*）；本·琼森的《巴托罗缪市集》（*Bartholomew Fair*，首演于 1614 年 10 月）亦提及本剧内容；开场诗中"我们的损失"[2]可能暗指 1613 年 6 月环球剧场的火灾；本剧很可能于 1613 至 1614 年的冬天在黑衣修士剧场首演。

**取材来源：** 据乔叟的《骑士的故事》改编（这一点在开场诗里说得相当明确，正如《佩力克里斯》（*Pericles*）[3]改编自高尔[4]的作品）。狱吏女儿的副线尚未发现直接来源，但《哈姆莱特》（*Hamlet*）的影响相当明显。开场时，盛大的王室婚礼被通报王室死讯的三王后所打断，其根据可能是当时刚刚发生的几个事件：詹姆斯国王的女儿伊丽莎白公主的婚礼原定于 1613 年 1 月举行，但王储亨利王子（Prince Henry）于 1612 年 11 月去世，公主的婚礼遂推迟。

---

1　弗朗西斯·博蒙特（Francis Beaumont，1584—1616）：英王詹姆斯一世时期剧作家，常与约翰·弗莱彻合作撰写剧本。——译者附注

2　原文 our losses 在开场诗中为最后一行"Our losses fall so thick, we must needs leave."起首两词；中译文根据整行诗意及上下文语境译作：我等将损失惨重，打道回府。——译者附注

3　即《泰尔亲王佩力克里斯》（*Pericles, Prince of Tyre*），莎士比亚创作的传奇剧。——译者附注

4　即约翰·高尔（John Gower，?1330—1408）：英国诗人，他的长诗《情人的忏悔》（*Confessio Amantis*）是《泰尔亲王佩力克里斯》的情节取材来源。——译者附注

**文本：**第一对开本中未收入，或许是因为考虑到此剧既属已逝的莎士比亚的作品，也属当时尚在世的弗莱彻的著作。该剧于 1634 年出版四开本，出版说明为："由国王陛下供奉剧团献演于黑衣修士剧场，大获成功。由名盛其时之约翰·弗莱彻先生及威廉·莎士比亚先生撰著。"该四开本面世的次年，新的四开本《佩力克里斯》亦由印刷商托马斯·科茨（Thomas Cotes）印制面世——印制这两个剧作的目的可能是作为同样由科茨印制的 1632 年莎士比亚第二对开本的补编。四开本印制精良，可能是根据作者原稿的誊抄本印刷的，誊抄时还加有演出注释。剧本中的一些舞台指示是为簿记员准备的，簿记员担任舞台经理，负责在后台准备道具。这些内容都证明，该剧原始文本供舞台演出使用，对展示舞台实践具有较大的价值。该文本重印于博蒙特和弗莱彻的《喜剧与悲剧》（*Comedies and Tragedies*）第二对开本（1679）中。

乔纳森·贝特（Jonathan Bate）

# 两贵亲

**开场诗致辞者**

底比斯人

三王后，围攻底比斯时战死的三
　国王之遗孀

**帕拉蒙** ⎱ 表兄弟，底比斯
**阿赛特** ⎰ 王克瑞翁的外甥

**瓦莱里乌**

三骑士，听命于阿赛特

三骑士，听命于帕拉蒙

雅典人

**忒修斯**，雅典公爵

**庇里托俄斯**，忒修斯的好友

**希波吕忒**，亚马孙女王、后成为忒
　修斯妻子

**爱米丽娅**，希波吕忒之妹

**侍女**，侍奉爱米丽娅

阿耳忒修斯，忒修斯麾下军官

**传令官**

**狱吏**

**狱吏女儿**

狱吏女儿的**求婚者**

**狱吏兄弟**

狱吏的**两友人**

**医生**

杰拉德，乡校先生

**男乡民五人**，阿尔卡斯、里卡斯、
　赛诺伊及其余两人

**女乡民五人**，芭白丽、弗丽兹、露
　西、莫德琳、耐儿

**提摩西，击手鼓者**

一演员扮演的**狒狒**

**数绅士**[1]

**行刑手**

**两信差**

**男童歌手** ⎱

**许门** ⎰ 婚礼庆典表演者

**数仙女** ⎰

**收场白致辞者**

其余仆人、卫兵及侍从数人

# 开 场 诗

喇叭奏花腔。致辞者上

新戏与闺阁中女子何其相近，
人人都竭力追求，不惜金银，
只要那戏好人贞。一台好戏——
恭谦演来，如新娘红颜羞涩，
战兢兢失去了纯贞——又恰似
待字姑娘入罗帷享初夜欢娱，
谦恭依旧，更显露少女纯情，
反难寻丈夫一夜劳苦的印影。
愿此戏与此同理：在下确信
戏出博学之手，高贵而纯正。
从波河¹到特伦特河滨²银光闪闪，
诗人的英名无人能与之比肩。
万众仰敬的乔叟写下的故事，
此传说已名列经典永存永志。
倘我辈糟践戏本的高贵品质，
倘若它听见的第一声是嘘斥，
伟人的亡骨一定会大受震动，
他会从地底下发喊尽诉心痛：
"快拿开这蠢人的蠢货，切勿

---

1 波河（Po）：意大利北部河流。
2 特伦特河（Trent）：英格兰河流。

糟践我的英名杰作，竟不如
绿林传说。"这正是我所担忧：
说真的，若想处处模仿乔叟，
永无穷尽又雄心太过，恰如
我等气喘吁吁，以羸弱之躯
奋游海中。求各位贵手高抬，
举臂相助，让我等顺风转来，
终获拯救。各位将目睹耳闻
场景数幕，虽难比乔叟艺境，
终不枉台上两钟点劳动辛勤，
但只求亡骨安寝，各位称心。
若演出未能解困排乏，呜呼，
我等将损失惨重，打道回府。

喇叭奏花腔。下

# 第一幕

## 第一场 / 第一景

具体地点不详，在雅典城内或雅典附近

音乐起。许门执一燃烧火炬上。一白服男童前导，边唱边撒鲜花。许门身后一仙女上，长发覆体[1]，手持麦穗花环。接下来忒修斯上，左右各伴一头戴麦穗花环的仙女。其后新娘希波吕忒上，由庇里托俄斯引导，另一人擎花环护覆新娘头顶，新娘长发下垂。爱米丽娅在希波吕忒身后托起裙裾。

　　　　　　　　　（歌曲）

**男童**　　　玫瑰花退去了荆刺，
　　　　　　　散发出芬芳的气息，
　　　　　　　更有色泽高贵堂皇。
　　　　　　　石竹花儿花香淡淡，
　　　　　　　无味雏菊花瓣精雅，
　　　　　　　百里香花香送百里。

　　　　　　　樱草花春天的头生，
　　　　　　　为欢乐的春光报信，
　　　　　　　铃儿般花朵轻轻摇。
　　　　　　　高报春生长在摇篮，
　　　　　　　万寿菊怒放于坟头，

---

1　长发覆体（encompassed in her tresses）：长发覆体是贞洁的象征。

还有纤纤的飞燕草。

大自然儿女尽吐芬芳，
请在新娘新郎脚前躺，　　　　　　　　　　　　　　撒花
恭恭敬敬将芳香奉上。
空中的天使尽情飞翔，
羽翼鲜艳，歌喉动听，
齐聚在天上。

饶舌的布谷鸟和乌鸦，
报噩运的渡鸦灰头鸦，
碎嘴黄雀儿，
不准上婚房栖留啼叫，
更不准带去一丝不和，
请快快飞开。

三王后着黑服、蒙黑纱、戴后冠上。王后甲扑跪于忒修斯脚前，王后乙扑跪于
希波吕忒脚前，王后丙扑跪于爱米丽娅脚前

**王后甲**　　（对忒修斯）请出于怜悯与高尚之心，
　　　　　　　　尊重我，听我诉求。

**王后乙**　　（对希波吕忒）为您母亲，
　　　　　　　　也为您腹中能永怀俊男秀女，
　　　　　　　　请用心听我诉求。

**王后丙**　　（对爱米丽娅）
　　　　　　　　为你爱的那位由天神选定
　　　　　　　　要为你婚床增添荣光之人，
　　　　　　　　为了纯洁的童贞，为我们
　　　　　　　　和我们的不幸，说几句话。

　　　　　　　此善举一定会抹去冥册上
　　　　　　　记录在你名下的一切过失。
**忒修斯**　　（对王后甲）伤心的王后请起。
**希波吕忒**　（对王后乙）请起身。
**爱米丽娅**　（对王后丙）请勿跪。
　　　　　　　女人伤心受难，我怎不同情，
　　　　　　　怎敢不尽力相助。
　　　　　　　（王后乙、丙此时可起身，而王后甲依然保持跪姿；或三王后
　　　　　　　均不起身）
**忒修斯**　　（对王后甲）各位的请求，您代表她们说吧。
**王后甲**　　我们是三位王后，各自的夫君
　　　　　　　都在克瑞翁残忍的愤怒中倒下。
　　　　　　　听任黑鸦尖嘴挑，寒鸦利爪抓，
　　　　　　　曝尸在底比斯污秽的原野之上。
　　　　　　　克瑞翁不准我们焚化亡夫遗骨，
　　　　　　　不准将尸灰装入瓮中，他偏要
　　　　　　　用惨景触怒福玻斯[1]神圣的目光，
　　　　　　　任我们夫君陈尸沙场，腐毒四方。
　　　　　　　施怜悯吧，公爵，您能荡涤污浊，
　　　　　　　抽出令人胆寒的剑为世行善，
　　　　　　　为我们讨回阵亡夫君的遗骨，
　　　　　　　使我们能将它们安置于庙堂。
　　　　　　　您有无边的善德，请您想想，
　　　　　　　那顶戴王冠的头颅无处可投，
　　　　　　　除了这遮蔽狮虎熊罴、也遮蔽

---

1　福玻斯（Phoebus）：罗马神话中的太阳神。

世间万物的天幕。

**忒修斯**　　请夫人们起身。
我被您话语打动，这才让
你们的双膝忍受长跪之苦。
三夫君阵亡之事我已闻知，
我悲痛，也燃起复仇决意。——
（对王后甲）卡帕纽斯是您的夫君，他
娶您之日就如我今天此时，
我与他在战神祭坛前相遇，
您美貌过人，朱诺[1]的披肩
不及您发辫美丽，不如您
身上婚衣，您的麦穗花环
未遭风雨摧折，命运对您
笑意吟吟。就连赫丘利[2]
也被您眼神打动，丢下大棒，
跌在涅墨亚狮皮[3]上，赌咒
说他筋肉无力。太可怕了，
悲痛与时间总把一切吞噬！

**王后甲**　　我盼望有神明出现，
盼神明将怜悯融进您伟岸的天性，
为您增添神威，为我等实现愿望
奋勇出力。

**忒修斯**　　三位未亡人请起身，

---

1　朱诺（Juno）：罗马神话中的天后，主神朱庇特（Jupiter）的妻子，掌管女性命运和婚姻。
2　赫丘利（Hercules）：亦译赫剌克勒斯、海格力斯，神话传说中以勇武著称的英雄。
3　涅墨亚狮皮（Nemean hide）：指被赫丘利杀死的涅墨亚狮子。

要跪就跪披甲戴盔的白龙娜[1]，

为我——你们的战士——向她祈祷。（王后甲起身）

真让我左右为难。（转身欲走）

王后乙　　尊敬的希波吕忒，（跪地）

最受敬仰的亚马孙人，您杀过

獠牙尖利的野猪，您曾用这双

白皙强壮的手臂，几乎将男人

擒作女性的俘虏。可是您夫君

生来要用荣誉维持世界的秩序，

要使它维持原初，他迫使您

退回自己的限界不让您漫越，

是他压住了您的力量与激情；

您是巾帼，能调和怜悯严厉，

我知道您更能够驾驭住他，

而非相反，您拥有他的膂力，

还拥有他的爱情，您一句话

他必定遵从。最尊贵的夫人哪，

我们已经被战火灼伤，请他

将宝剑横架于我们头顶之上，

让我们在剑下安享片刻荫庇，

请用女人的语气，就像我们

三人：哀哀流泪，直至成功。

请屈膝为我们下跪，

但膝盖只要为我们稍稍触地，

如鸽子被斩头后的一阵抽动。

---

1　白龙娜（Bellona）：罗马神话中的女战神。

告诉他，浑身肿胀横尸血野，
烈日曝晒寒月霜冻的若是他，
您会如何做。

**希波吕忒**　　可怜的夫人，别说了。
我真的很愿意去做这一件善事，
就像我目前正在做的事情一样，
我乐意之至。我夫君的心已被
各位的悲苦打动。让他想想吧。
随后我再开口。（王后乙起身）

**王后丙**　　（对爱米丽娅跪下）唉，我的请求
封进冰雪，不灭的炙烫悲痛
融冰成水，难以诉说的悲伤
由更深的痛楚挤压溢出。

**爱米丽娅**　　请起身。
您的悲痛已刻写在脸颊之上。

**王后丙**　　（起身）唉，
脸上您看不见，得透过泪水，
看那明澈溪水下变形的卵石，
那才是我的苦痛。小姐呀小姐，
您知道，要探清世上的宝藏，
得掘到大地中心，要钓心中
的小鱼，就得给钓线加铅坠，
沉到我心底。啊，请您宽恕，
极端痛苦虽唤起别人的机智，
却使我说话像个蠢妇。

**爱米丽娅**　　请别说了。
你身在雨中，看不见觉不到，

分不清干湿。你若被画进了
教学画中，我一定会买回去，
学学该怎样面对巨大的悲痛，
这幅画真叫人撕心裂肺。唉，
你我同为女子，以姐妹相称，
你的伤痛如火炙烤在我身上。
但愿我能够将灼热反射过去，
温暖姐夫的心，令它生出怜悯，
尽管它坚石铸就。请你放心。

**忒修斯**　向神庙进发。别让神圣的典仪
有些许差池。

**王后甲**　唉，您的婚典将比
为求助者进行的战争延续更久，
花费更高！别忘了，您的盛名
响彻世人耳鼓。您行动迅疾
却从不鲁莽，您第一道思绪
比别人的慎思更周全，思考
比别人的行动更有力，行动
迅猛如鱼鹰扑食 [1]，制服对手，
然后将其抓获。亲爱的公爵，
想想那被杀的国王尸陈何方。

**王后乙**　我们的床也会加倍感觉悲伤，
因夫君长眠却无床。

**王后丙**　无死者可安睡之床。
那自缢自刎、服毒跳崖的人们，

---

1　鱼鹰扑食（ospreys do the fish）：据信鱼鹰扑食时会先将鱼翻转数次使其丧失活动能力。

厌倦了尘世的光亮，自去寻
可怕的死神，可宽宏的人们
仍给予尘土荫庇。

**王后甲** 而我们的夫君，
生为善良君王，死后却惨遭
烈日曝晒，被烤得皮焦肉黄。

**忒修斯** 此言不假，我定让你们安心，
让各位亡夫有坟茔入土安身，
这将与克瑞翁有一番较量。

**王后甲** 此事宜立刻行动，说干就干，
若拖到明天，热度便会退消；
我们白忙一场，只能用汗水
为自己作酬犒。趁他自以为
胜券在握，没料想我们正在
您面前，用泪水浸洗眼睛里
神圣的乞求，向您请愿求助。

**王后乙** 现在您仍可能将他一举拿下，
趁他陶醉于胜利之中。

**王后丙** 他的军队正
酒足饭饱，昏昏沉沉。

**忒修斯** （对军官）阿耳忒修斯最明白
该如何挑选兵将以应付战事，
哪些兵将最合适，需要多少
方能取胜。去吧，去召集起
最精锐的队伍，待我结束这
人生盛典，完成命定的壮举，
扣上婚锁。

王后甲　　　（对其余王后）未亡人，让我们携手
　　　　　　再做寡妇，因悲伤也将死去。
　　　　　　拖延一刻，希望就会落空。

众王后　　　我们告辞了。

王后乙　　　我们来不逢时，但悲伤又怎能
　　　　　　如心情宽松时作出的决断一样，
　　　　　　寻着最佳时机？

忒修斯　　　啊，尊敬的夫人们哪，
　　　　　　我现在去参加的这个仪式
　　　　　　比一切战争都重要，超过
　　　　　　我此前所有成就，也超过
　　　　　　我将来能做的一切。

王后甲　　　这就更预示着
　　　　　　我们的请求将遭无视而落空。
　　　　　　当那能将朱庇特锁定的双臂
　　　　　　在证婚月光下将您牢牢挽住，
　　　　　　当那两片红樱桃将甜蜜滴在
　　　　　　您贪婪的双唇，您怎会想到
　　　　　　国王尸陈旷野、寡后泪流满面？
　　　　　　怎会关注您并无感觉的事情？
　　　　　　您的感受能让战神抛弃鼓槌。
　　　　　　只要与她共寝一夜，每一钟点
　　　　　　都会将您当作人质留上一百小时，
　　　　　　您记得的就只有这场盛宴上
　　　　　　享受的欢愉。

希波吕忒　　（对忒修斯）尽管您不一定被我
　　　　　　说动了心肠，尽管我并不愿

　　　　这样向您求情，我还是认为，
　　　　虽然我更期盼欢乐，可倘若
　　　　不肯暂时放弃欢乐，以救治
　　　　几位夫人的苦痛，我定会受
　　　　夫人们的责难。因此，夫君啊，（跪地）
　　　　我在此尽全力向你提出请求，
　　　　你可以认为这祈求有些力量，
　　　　也可以认定这祈求说也白说：
　　　　请暂停我们行将去做的事情，
　　　　用盾牌保护您的心脏和脖颈，
　　　　那是我的财富，我慷慨借出，
　　　　为可怜的王后效力。

**众王后**　　（对爱米丽娅）请帮帮我们，
　　　　我们需要您屈膝相助。

**爱米丽娅**　（对忒修斯跪下）你若是不答应
　　　　我姐姐如此恳切的请求，
　　　　我就以同样的方式起誓，
　　　　从今以后我将万万不敢
　　　　向你提出要求，也没了
　　　　想要丈夫的勇气。

**忒修斯**　　请起身。（希波吕忒、爱米丽娅起身）
　　　　我正努力说服自己去做
　　　　你们跪请之事。——庇里托俄斯，
　　　　你领新娘前去向众神祈祷，
　　　　祈祷我得胜返归。别略过
　　　　仪式上任何细节。——王后们，
　　　　随你们的战士来吧。——（对军官）你照常

带招募的队伍到奥利斯 [1] 海岸
与我会合，在那里聚集起
另一支兵力，以投入这桩
更大的事业。——既然得速去速战，　　　　　　　军官下
我将这一吻印在你嘴唇上。
亲爱的，这就是我的信物。
去吧，我要注目你离去。——　　新娘等开始向神庙方向下
再见，美丽的姨妹。——庇里托俄斯，
别让盛宴欠缺或短了时辰。

**庇里托俄斯**　主君，
我愿紧随您身后，您不归，
盛宴便缺少了堂皇的气氛。

**忒修斯**　兄弟，我命你
留在雅典，我归来时你可能
尚未结束宴会。请你绝不要
缩短时辰。——再说一遍，再见。

　　　　　　　　　　　　　　　除忒修斯与三王后外均下

**王后甲**　您仍然是世人称赞的忒修斯——
**王后乙**　英名如战神玛尔斯——
**王后丙**　至少与他齐名。
您是有生死的凡人，却使激情
服从神圣的荣誉，而众神自己
有时也为此痛苦呻吟。

**忒修斯**　我们生而为人，
正应该如此行事，若贪恋情欲，

---

1　奥利斯（Aulis）：希腊东南部一海港。

便失了人的名分。夫人们请振奋！
我去了，要去为你们争回安宁。

　　　　　　　　　　　　　喇叭奏花腔。众人下


## 第二场 / 第二景


底比斯

帕拉蒙与阿赛特上

**阿赛特**　　亲爱的帕拉蒙，我的至亲兄弟，
　　　　　我对你的友爱远胜过血亲情分。
　　　　　你良知犹存，天性未泯。我们
　　　　　快离开底比斯，远离它的诱惑，
　　　　　别让它污浊了我们年轻的欲念；
　　　　　留在此，无论是自制还是放荡
　　　　　我们都感到羞耻；倘不顺潮流，
　　　　　肯定会沉入水底，至少也会使
　　　　　我们的努力白费；可是，若要
　　　　　追随大溜，我们又将身陷漩涡，
　　　　　不是急漩就是沉底，即使拼命
　　　　　游出，也仅剩虚弱一气。

**帕拉蒙**　　你的话
　　　　　有事例为证：我俩自同学以来
　　　　　眼见多少人在底比斯莫名其妙

毁于一旦。英勇战士冲锋陷阵，
只换来破烂的军衣和道道伤痕，
他们的目标是获取荣誉和金钱，
可赢到手却不能享用，还要受
为之战斗的和平的嘲弄。如此，
谁会向受嘲弄的战神献上供奉？
我每见此就心中流血，切盼着
朱诺能再生起她昔日的妒意，[1]
将战士重新唤起。我希望和平
能治好过度和平的创痛，重展
慈善的心肠，它现在粗暴严厉
甚于战争打击。

**阿赛特**　你尚未讲到正题。
毁败的只有底比斯深街幽巷中
潦倒的士兵？你开头那番话语
表明你还见过更多腐败的情景。
难道说，除了无人关心的士兵，
没见到别的能引起同情？

**帕拉蒙**　我是为
所见的腐败难过，但最心痛的
是人们为荣誉苦战，挥汗如雨，
回报却是冰块令人心寒。

**阿赛特**　这并非
我的意思，美德在底比斯根本
不受尊敬。我看，要保持荣誉，

---

1　在古典神话传说中，朱诺挑起了许多战争，其中最著名的就是特洛伊之战。——译者附注

再留在底比斯将会有危险多多。
这里的每一桩丑恶都被人抹上
漂亮的色彩，看似善行的举止
却正是邪恶。与别人做得不同
便成陌路之辈，可若要去效仿照办，
则又与禽兽无异。

**帕拉蒙** 决定行为举止，
其力量在我们自己。不然的话，
猴子也能做我们的老师。何必
模仿别人的步伐？自己能做主，
何惧他人影响？何必人云亦云？
既然我可以自己将意思说清楚，
能靠说真话来解救自己，
我有何义务要去模仿那些一味
模仿裁缝之人？被模仿的没准儿
会反过来追债。再不然你说说看，
理发师天赋不足，为什么下巴
也得跟着倒霉？就因他未按照
镜框里时髦人物的形象去修剪？
哪些法规说刀剑不该挂在后腰，
得握在手中挥舞？若街道不脏，
为何要踮脚装腔作势？虽不是
领头马，我也决不会拖在后面
踩他人蹄印。这些小小的难受
尚无需药草救治，真使我痛苦，
深痛入心的是——

**阿赛特** 舅父克瑞翁。

帕拉蒙　　　是他。
　　　　　　这无法无天的暴君竟事事成功，
　　　　　　上天也让他三分，使邪恶相信
　　　　　　自己法力无边。他几乎把信仰
　　　　　　变成热昏，独自挑战无常命运，
　　　　　　他竟将别人凭勇力获得的成就
　　　　　　说成自己勇气与行动的战利品；
　　　　　　他强使别人为他服役，却夺去
　　　　　　他们的一切，无论战利与功名；
　　　　　　他行恶胆大包天，却不敢为善。
　　　　　　但愿有一条蚂蟥，吸干我与他
　　　　　　相连的血液，吸满血液后掉落，
　　　　　　随腐败离我而去。

阿赛特　　　心地纯洁的好兄弟，
　　　　　　弃宫出走吧，这样就避免沾上
　　　　　　远扬的恶名，否则我们的奶水
　　　　　　会带上干草腥味。若不愿为恶，
　　　　　　就只有拒不服从；若承认这一段
　　　　　　甥舅的血缘，便只能同流合污。

帕拉蒙　　　没错。
　　　　　　他的可耻行径已经震聋了上天
　　　　　　正义的听闻，寡妇的哭喊重又
　　　　　　缩回她们的喉咙之中，使众神

瓦莱里乌上

　　　　　　无从听见。——瓦莱里乌。

瓦莱里乌　　国王召你俩前去，但不必着急，
　　　　　　得等他发完怒气。就连福玻斯

折断了鞭杆，向拉太阳车的马
高声呵斥，与他的愤怒比起来
也只能算作耳语。

**帕拉蒙** 一丝微风也会
使他震动不已。这怎么回事？

**瓦莱里乌** 忒修斯的威胁使他感到惊恐。
忒修斯已派遣催命大军前来，
扬言要摧毁底比斯。兵马已到，
来实现他愤怒的诺言。

**阿赛特** 让他来吧。
我们畏惧的只是派他来的众神，
他本人不能使我们有一丝惶恐。
当我们明知所做为恶却仍去做，
便玷污了自己，才能也会降低。
我俩现正处此困境。

**帕拉蒙** 先别考虑此事。
我们不为克瑞翁而为底比斯。
此时若保持中立则有害荣誉，
对抗有叛逆嫌疑，我们只能
与他站在一起，让命运决定，
听从它定下的归宿。

**阿赛特** 只好如此了。——
（对瓦莱里乌）是说战争即将开始，还是要
看底比斯能否满足条件？

**瓦莱里乌** 战事已起。
进犯者刚到，国家的命令
就已颁布。

| | |
|---|---|
| **帕拉蒙** | 我们去觐见国君吧。尽管他<br>名声远不及来犯之敌的声誉,<br>不到四分之一,我们要流血,<br>正好用来救自己,不会白流,<br>倒是会有所报偿。可是天哪,<br>我们的行动总走在理智前面,<br>这一仗会造成多大的损害? |
| **阿赛特** | 让结果<br>作仲裁从不出错,听它的吧,<br> 那时我们就明白一切。此刻,<br>我们只能够听从命运的取舍。 |

众人下

**第三场**  /  第三景

雅典郊外

庇里托俄斯、希波吕忒、爱米丽娅上

| | |
|---|---|
| **庇里托俄斯** | 请留步。 |
| **希波吕忒** | 再见。请向我的夫君<br>重复我的祝愿,我对他的胜利<br>不敢有胆怯疑问,但还是盼他<br>兵不厌多,将不厌广,必要时<br>能与不祥的命运抗争。快去吧! |

　　　　　　　统帅若能干，多多总益善。[1]

**庇里托俄斯**　　我虽知道
　　　　　　　大海从不缺小小水滴，但水滴
　　　　　　　也必须自有贡献。——（对爱米丽娅）尊贵的姑娘，
　　　　　　　上天在最优秀的作品中融进了
　　　　　　　最为美好的意愿，请将它永远
　　　　　　　存留你心中。

**爱米丽娅**　　谢谢您，请代我
　　　　　　　问候尊贵的姐夫。为他的胜利
　　　　　　　我向伟大的白龙娜恳求；既然
　　　　　　　在尘世向神明请愿需要有供奉
　　　　　　　方能如愿，我愿意尽自己所能
　　　　　　　献上她最欢喜的供奉。我的心
　　　　　　　随军队扎在营帐里。

**希波吕忒**　　扎在他心中。
　　　　　　　我们冲锋陷阵，不会为此落泪，
　　　　　　　无论是朋友披甲戴盔扬帆远征，
　　　　　　　还是有人将婴儿挑死在枪尖，
　　　　　　　或是女人哭着将亲骨肉杀掉，
　　　　　　　就着海水般泪水煮食。谁想
　　　　　　　看我们如丰妇一般纺纱织绩，
　　　　　　　那可得等上一生。

**庇里托俄斯**　　祝你们平安，
　　　　　　　而我则要去参加战争。到那时，
　　　　　　　平安不求自得。

　　　　　　　　　　　　　　　　　　　　　　庇里托俄斯下

---

1　意思是能干的统帅手下士兵越多越好。——译者附注

爱米丽娅　瞧他那么急切地
　　　　　随朋友而去！自从忒修斯离去，
　　　　　尽管竞技比赛需要专注与记忆，
　　　　　他总是心不在焉，还经常走神，
　　　　　赢了并不在意，输了也不生气。
　　　　　手上做一件事，心想着另一桩，
　　　　　竟能同时处理两件完全不同的
　　　　　事情。自从我们的君王离开后，
　　　　　你注意过他没有？

希波吕忒　我用心观察过，
　　　　　就喜欢他的性格。他俩曾共度
　　　　　危险贫困的时刻，危险和贫困
　　　　　都令人难忍；他俩曾共划一船，
　　　　　漂渡过轰鸣的水流。水流湍急，
　　　　　说可怕还不足以形容；他们也
　　　　　并肩在死神居住的地方战斗过，
　　　　　是命运将他们带回。他们的友爱
　　　　　情感交织，长久而真诚，是由
　　　　　了不起的巧手编成。这种友爱
　　　　　纵有消磨之日，却无破裂之时。
　　　　　忒修斯将真心裁为二，每一半
　　　　　都看得同样重。我看，他自己
　　　　　也说不清更爱哪一半。

爱米丽娅　毫无疑问，
　　　　　有一半更爱，理智若不说是你
　　　　　就不成为理智。我还小的时候
　　　　　也曾有过一位交情极好的女友，

你在战场厮杀，她却进了坟墓。
她曾使睡床感到骄傲，当她向
月神告别时，月神也面露苍白。
那时我俩年方十一。

**希波吕忒**　弗莱维娜。

**爱米丽娅**　正是。
你说到了庇里托俄斯与忒修斯，
他俩的友爱基础更深也更成熟，
由更强的理智维系。他们相互
需要，而这需要也浇灌着友爱
那相互交织的根须。

*分别为帕拉蒙和阿赛特准备的两副担架就绪；三王后、忒修斯及众臣就绪*

但我和她——
一提她就让我叹息——当时稚气未脱，
我们爱就因为爱，如四大元素[1]
并无原委，兀自行动便造成了
令人瞩目的结果。我们的灵魂
就这样相互响应。她之所爱
便是我所恋，她鄙弃则我指斥，
不控告就判决。我想摘朵鲜花
安放在我刚刚隆起的乳峰之间，
让双峰拥簇着花朵，她就渴望
也得到同样的花，也放置在她

---

1　古代西方人认为组成世界的四种基本元素是土、风、水、火，这里比喻自由自在。——译者
　　附注

同样无邪的摇床，让花如凤凰
在纯香中死去。我头戴的饰物
她一心要去模仿，她服装秀巧，
有时随意披在身上，我也照学，
精心选来装扮自己。我若偶然
听见一支新曲或碰巧哼着一首
自编自凑的调子，她也一定会
专心致志，反反复复长久吟唱，
睡觉时还要低吟。人们都清楚，
要描绘古时激情，我这段回忆
可能还不够充分，但它能表明，
少女与少女间的那种纯真友爱
比异性之爱更加深沉。

**希波吕忒**　看你气喘的。

你说话时这么认真，好像在说
你要像弗莱维娜一样，永不会
爱上名叫男子的人了。

**爱米丽娅**　肯定不会。

**希波吕忒**　嘻，柔弱的妹妹，

这一点我可决不相信——我知道
你的确自以为永不会爱上男人——
正如我决不会相信病人的胃口，
它有时竟讨厌自己所渴望之物。
但是，妹妹，若你真要说服我，
你说的那番话就足以把我拉出
忒修斯的高贵臂膀。现在我要
去神坛下跪祝他好运，我坚信，

在他心中，我们比庇里托俄斯
占有更高位置。

**爱米丽娅**　我并不反对你的
想法，但还是坚持自己的主意。　　　　　　　　　同下

# 第四场　/　第四景

底比斯城外

号筒声。幕内开战声；随后收兵号。喇叭奏花腔。忒修斯以胜利者姿态上，一传令官、众大臣及兵士随上。三王后觐见忒修斯，俯身下跪。担架抬上帕拉蒙与阿赛特

**王后甲**　愿星辰永远将您照耀。

**王后乙**　愿苍天大地
永远与您为友。

**王后丙**　对着降临您头上的
一切福分，我高呼"阿门"。

**忒修斯**　公允不倚的众神端坐在高天，
将我们视为有生有死的羔羊，
有罪者到时辰便予惩戒。去吧，
找回亡夫尸骨，用三倍礼仪
致敬，他们应受的尊贵礼遇
若有一丝不足，我定会补齐。
我将遣人提供所需，让各位

披上庄严丧服，补上匆忙中
未做完的细节。夫人们再见，
愿上天善良的双眼照看各位。——　　　　　众王后下
（看见帕拉蒙与阿赛特）他俩是何人？

**传令官**　　从盔甲看，是身份高贵之人。
底比斯人告诉我们，他俩是
姨表兄弟，是克瑞翁的外甥。

**忒修斯**　　向战神发誓我阵上见过他们，
像嘴上粘满猎物鲜血的雄狮，
在万军中厮杀。我一直注意
观察他俩，其英勇值得天神
注目。刚才我问起他俩名字，
那俘虏禀告说是什么？

**传令官**　　回禀，名叫
阿赛特和帕拉蒙。

**忒修斯**　　不错，正是他俩。
没有死吧？

**传令官**　　死活难定。若他俩刚一受伤

抬上三副担架

就被人捆送过来，还有可能
复苏。不过，他们一息尚存，
还有着人的名分。

**忒修斯**　　那就要善待他们。
这种品质的酒渣百万倍胜过
其他的醇酒。去，传唤御医
速来救治，给他们敷上膏油，
千万不要吝啬。在我的眼里，

他俩的生命重于底比斯。虽然
我更希望他们死去，不愿见
他们摆脱伤痛，重显清晨时
那般骁勇，我还是要留活的，
把他们收归入狱。快把他俩抬走，
清新空气对我们有益却伤害他们。
对他们尽心尽意——多加关照。
我也有过恐惧、发怒、朋友的托付，
有恋人的激狂，情妇的折磨，
也有渴望自由的昏热与疯狂；
立下凭天性无法达到的目标，
结果是心神惶乱，意志病态，
理性成了诡辩。让我们用爱，
和阿波罗的怜悯，让最好的
医生使出最好的医术。动身
进城，为重整秩序策马飞奔，
要赶在大军前头返回雅典。　　　　　　喇叭奏花腔。众人下

## 第五场　　/　　第五景

音乐起。众王后送葬，神情肃穆，伴随亡夫灵柩及其他人上

**三王后**　　　（唱）
　　　带去瓮罐与熏香，

烟盒悲叹日暗伤；
哀容更比死神惨，
膏油树胶悲蒙面；
神圣小瓶泪盈盈，
野天恸哭声阵阵。
悲戚场面历历过，
专与欢乐对头做；
寡后唯余伤和悲，
寡后唯余伤和悲。

**王后丙**　　葬礼之路把你带回族坟，
　　　　　　愿你欢乐再来得享安宁！

**王后乙**　　这条道路通向你的家坟。

**王后甲**　　这条道路通向你的家坟。
　　　　　　苍天布殊途万千，归宿唯一。

**王后丙**　　人生如城池，街衢何交集。
　　　　　　死亡坐中心，路路汇于斯。　　　　　　众人分头下

# 第 二 幕

雅典—监狱外的花园

狱吏与求婚者上

**狱吏**　　　我活着时怕是给不了你多少钱；我会留给你一些，但是多不了。嗐，我看管的这监牢虽说是给大人物备下的，但总不见大人物来：没钓到大鱼，倒来了不少小的。人们都说我日子过得挺宽绰。这风言风语靠不住。我要真像人说的那样就好了。说真的，我只要有的——不管多少——死的时候肯定全留给我女儿。

**求婚者**　　先生，您能给多少就给多少，我不强求。我也会把我答应的那份财产分给您女儿。

**狱吏**　　　那好。等宫里的事忙完后再细聊。你到底有没有得到她完全同意？要她答应了我才会同意。

狱吏的女儿捧着灯芯草上

**求婚者**　　答应了，先生。瞧，她来了。

**狱吏**　　　你朋友和我正在谈论那件旧事，碰巧提起你的名字，不过现在不谈了。忙完了宫里的事，我们再来忙自己的。眼下还是好好看住这两囚犯。听着，两人都是王子。

**狱吏女儿**　这些草给他们铺在屋子里。把这两人关在牢里真可惜，可把他们放了也可惜。我看，他们的忍耐让不幸的人都觉得羞愧，连牢房也要为他们自豪。他们困在这小小牢房，却拥有整个世界。

| | |
|---|---|
| **狱吏** | 他们是一对名副其实的男子汉。 |
| **狱吏女儿** | 要我说，别人的传言讲得还远远不够，他们比传说还要高出一头。 |
| **狱吏** | 听人说，他们是战场上最优秀的战士。 |
| **狱吏女儿** | 不错，这很可能。虽然他们正受苦受难，举止还是那么高尚。真想不出他们若是胜利者会是什么模样。他们的心地始终高尚，身在牢中还能那么自由自在。把苦难变欢乐，把痛苦当玩笑。 |
| **狱吏** | 是吗？ |
| **狱吏女儿** | 他们似乎一点没感觉到是在坐牢，就像我，一点不觉得自己身处统治别人的雅典。他们开怀吃，尽情笑，痛快聊，就不提身在牢中受煎熬。不过有时，一个人叹息时会中途停下，像是哽咽了，这时，另一个会责备他，口气好温甜，我真希望自己就是那声叹息，好让他责怪；要常叹气，听他们的安慰。 |
| **求婚者** | 我从没见过他们。 |
| **狱吏** | 公爵在夜里悄悄来过。别人也来过。为什么我就不知道了。 |

帕拉蒙与阿赛特戴镣铐自高台上

瞧，他们来了，朝外看的是阿赛特。

| | |
|---|---|
| **狱吏女儿** | 不，不对。那是帕拉蒙。阿赛特的个子矮一点，只能看见他半个身子。 |
| **狱吏** | 好了好了，别指指点点的。他们才不愿瞧见咱们哪。快闪开！ |
| **狱吏女儿** | 能见他们就像在过大节日。主啊，人与人竟有这般不同！ |

众人下

# 第二场 / 景同前

监狱内
关在狱中的帕拉蒙与阿赛特自高台上

**帕拉蒙** 你好吗，高贵的兄弟？

**阿赛特** 你好吗，兄弟？

**帕拉蒙** 依然强壮，能将悲愁一笑了之，
忍受战争无常的捉弄，可兄弟，
我们恐怕要毕生坐牢。

**阿赛特** 这我相信。
我已经耐心地将我未来的年岁
一起托付给命运。

**帕拉蒙** 阿赛特兄弟啊，
底比斯在哪里？故国又在何方？
朋友亲戚在哪里？这样的安慰
我们将再也见不到。再看不见
骁勇青年为争得荣誉角逐竞斗，
身披着姑娘为他们织就的彩绣，
像大船出航，从这群人中突然
似东风冲出了帕拉蒙和阿赛特，
只轻松地甩甩长腿，便将众人
如懒散的浮云抛在身后。人群
尚未及欢呼、对我们获胜表达祝愿，
我们已赢到花环。可我俩永远
也不能如荣誉的孪生双子般挥动起

我们的各式武器，让胯下烈马
如骄傲的海浪奔腾。腰间利剑——
连火眼战神都未能佩上的好剑——
已被摘走，定会随年岁而生锈，
去装点与我们敌对的神祇庙宇；
两双手再不能闪电般抽出利剑
给万马千军送去死亡。

**阿赛特**　是啊，帕拉蒙，
希望已同我们一起被锁入牢狱，
我们年轻的荣耀也将在此枯萎，
如春天早开的植株。帕拉蒙啊，
最令人难受的是我们尚未成婚，
妻子的温馨怀抱，伴有千万个
丘比特的无数亲吻，永远不会
将我们的脖颈拥抱。没有子嗣，
看不到自身的复制，不能借此
慰藉老年，也不能训教雏鹰般
让他们正视耀眼兵器，高声说，
"牢记父辈的功绩，去征服世界！"
亮眼姑娘会为我们的厄运哭泣，
用歌声诅咒那瞎眼的命运之神，
让她觉得羞耻，明白自己犯下大错，
恶待了天赐青春。可这里就是
我俩的世界，相识的只有你我，
听时钟嘀嗒，点数我们的悲苦。
葡萄藤生长，我们却永远看不见；
夏天会来到，并捎带来万般欢乐，

　　　　　　　但这里却永远驻着死一般的冬天。

**帕拉蒙**　　阿赛特，你说的没错。我们
　　　　　　　无法向声荡密林的底比斯猎犬
　　　　　　　放声呼喊，也再不能将手中的
　　　　　　　尖利投枪，向暴怒的野猪掷出，
　　　　　　　让身负铁刺的野兽像染上热病，
　　　　　　　飞跑着躲避我们的怒火。这些
　　　　　　　壮举都是培育高贵心灵的营养，
　　　　　　　却将从我们的身上消失。我们
　　　　　　　死去时将满心悲痛，却无人知晓。
　　　　　　　这是对荣誉的诅咒。

**阿赛特**　　可是，好兄弟，
　　　　　　　在所有惨境的最深处，在命运
　　　　　　　加于我们头上的一切灾难之中，
　　　　　　　我看见两个安慰，是两个祝福：
　　　　　　　是诸神有意使我们勇敢地忍耐，
　　　　　　　让我俩共同承受伤痛。只要有
　　　　　　　帕拉蒙在我身边，我若将此地
　　　　　　　视为监狱，便即刻死去。

**帕拉蒙**　　的确如此。
　　　　　　　兄弟啊，我俩的命运紧紧交织，
　　　　　　　这已是我们最大的财富，况且，
　　　　　　　两个灵魂同处于一对高贵躯体。
　　　　　　　让命运来打击吧，唯如此他们
　　　　　　　方能够共生永存，永不会沉沦。
　　　　　　　面对死亡从容不迫，一了百了。

**阿赛特**　　我们要不要好好利用这个地方，

这世人痛恶之地？

|     |     |
| --- | --- |
| **帕拉蒙** | 好兄弟，怎么做？ |
| **阿赛特** | 我们把囚牢当成神圣的避难所， |

我们躲开恶人们的腐败与堕落。
我们年纪轻轻已走上荣誉之路，
躲开放纵与卑下的语言等毒药
对纯洁的毒害，它们如女人般
诱人偏离正道。我们在想象中
将幸福归于自己，有什么能比
这么做更幸福？我们共处一室，
相互之间可以取予不尽；
我们互为夫妻，不停地孕育出
新的爱意；相互为父亲、朋友，
又是相知。
你是我，我就是你，互为家庭；
我是你的后代，你是我的子嗣，
这里由我们继承，压迫者强悍，
也无法夺去。只需要一点忍耐，
便能天长地久。我们从不暴食，
战争伤不了我们，大海也无法
将年轻人一口吞去。若有自由，
妻子能合法弃我他投，生意中
争吵会让人耗尽精力，恶人的
妒忌会将人间离。我一旦病倒，
你也许会一无所知，我死去时，
没有你高贵的双手来合上眼皮，
为我向神明祈祷。若离开这里，

|  |  |
|---|---|
|  | 我们随时会分离。 |
| 帕拉蒙 | 多谢你，阿赛特兄弟。 |
|  | 你的话让我万分欢喜，真幸运 |
|  | 我能被囚此地。若是在监狱外 |
|  | 四处闯荡，那将是多么的悲惨！ |
|  | 简直与野兽无异。我觉得这庭院 |
|  | 肯定更令人满意，外面的乐趣 |
|  | 只会引诱人的意志向虚荣走去， |
|  | 我已看透，已鼓起足够的勇气 |
|  | 告诉世人，那不过是浮华幻影， |
|  | 是时间老人路过时的随身物品。 |
|  | 我们若生活在克瑞翁宫廷之中， |
|  | 恶为正义，贪欲无知成了美德， |
|  | 生活会什么样子？阿赛特兄弟， |
|  | 若非众神用爱为我们寻来此地， |
|  | 我们早就如盈恶的老人般死去， |
|  | 无人洒泪，人民的诅咒成了碑文， |
|  | 还要我说吗？ |
| 阿赛特 | 我还想听你说。 |
| 帕拉蒙 | 好吧。 |
|  | 史书典籍中记着哪两人的友爱 |
|  | 能有我们这般情深，阿赛特？ |
| 阿赛特 | 肯定没有。 |
| 帕拉蒙 | 我看，我俩的友爱之情 |
|  | 绝不可能消失。 |
| 阿赛特 | 至死不渝。 |

爱米丽娅与其侍女自主台上

|  | 我们死后，灵魂也会被引去 |
|---|---|
|  | 与永世的爱人团聚。 |
|  | 说呀，兄弟。（帕拉蒙看见爱米丽娅） |
| 爱米丽娅 | （对其侍女）花园中到处充满了乐趣。 |
|  | 这是什么花？ |
| 侍女 | 小姐，这就是水仙[1]。 |
| 爱米丽娅 | 是个漂亮男孩，还是个傻瓜。 |
|  | 只爱自己，难道姑娘不够多？ |
| 阿赛特 | （对帕拉蒙）说下去。 |
| 帕拉蒙 | 好。 |
| 爱米丽娅 | 难道说她们都铁石心肠？ |
| 侍女 | 见了俊小伙，她们怎么会？ |
| 爱米丽娅 | 你准不会。 |
| 侍女 | 小姐，我想我准不会。 |
| 爱米丽娅 | 是个好姑娘， |
|  | 不过你得当心别太善良。 |
| 侍女 | 为什么，小姐？ |
| 爱米丽娅 | 男人都是疯子。 |
| 阿赛特 | 兄弟，你不说啦？ |
| 爱米丽娅 | 姑娘，会用丝线绣出这些花吗？ |
| 侍女 | 会。 |
| 爱米丽娅 | 我要把水仙和那些花绣上罩衣， |
|  | 颜色太漂亮了。这花绣在裙上 |
|  | 会不会很好看？ |

1　水仙（narcissus）：希腊神话中，美少年那喀索斯 (Narcissus) 爱上了自己在水中的倒影，哀伤而死，死后变成了以其名字命名的水仙花。

| | |
|---|---|
| **侍女** | 好看极了，小姐。 |
| **阿赛特** | 兄弟，怎么啦？嗨，帕拉蒙？ |
| **帕拉蒙** | 阿赛特，此刻我真进了监狱。 |
| **阿赛特** | 怎么了，出什么事了？ |
| **帕拉蒙** | （指着爱米丽娅）看，真让人吃惊！<br>天哪，真是女神。 |
| **阿赛特** | （看见爱米丽娅）哈！ |
| **帕拉蒙** | 不得无礼！<br>她是女神，阿赛特。 |
| **爱米丽娅** | 在所有花中<br>我觉得玫瑰最好。 |
| **侍女** | 为什么，温柔的小姐？ |
| **爱米丽娅** | 因为这才是少女真正的形象：<br>当柔和的西风吹拂过她全身，<br>她花朵绽开，用贞洁的红羞<br>涂抹着太阳！可当北风来临，<br>粗鲁暴躁，她便如贞洁女子<br>将美貌重新紧锁入花蕾之中，<br>让北风去寻找卑下的野花。 |
| **侍女** | 不错，小姐。<br>可有时羞怯的花朵也会盛开，<br>最后就掉落下来。一个姑娘<br>若还有名誉之心，就绝不会<br>以她作为榜样。 |
| **爱米丽娅** | 你在乱说。 |
| **阿赛特** | 她美得令人惊叹。 |
| **帕拉蒙** | 她将万般美丽集于一身。 |

爱米丽娅　　　太阳高了，进去吧。拿上这些花，

　　　　　　　我们去画一画这美丽的色彩。

　　　　　　　我开心极了，真想笑一笑。

侍女　　　　　那我就一定躺倒。[1]

爱米丽娅　　　你也要带一朵？

侍女　　　　　我们说好了的，小姐。

爱米丽娅　　　好，那就带上吧。

　　　　　　　　　　　　　　　　　　　　爱米丽娅与侍女下

帕拉蒙　　　　你觉得这美人怎样？

阿赛特　　　　举世罕见。

帕拉蒙　　　　仅仅罕见？

阿赛特　　　　不错，谁都比不上她。

帕拉蒙　　　　男人是否能为爱她神魂颠倒？

阿赛特　　　　随你怎样，我已经丢了魂魄。

　　　　　　　作孽的眼睛，竟害我枷锁缠身！

帕拉蒙　　　　这么说你爱她？

阿赛特　　　　谁能不爱？

帕拉蒙　　　　还想得到她？

阿赛特　　　　宁以自由为代价。

帕拉蒙　　　　我先看见她的。

阿赛特　　　　这算什么。

帕拉蒙　　　　这很重要。

阿赛特　　　　我也看见了。

帕拉蒙　　　　没错，但你不能爱上她。

阿赛特　　　　我不像你那样只知道去崇拜她，

---

1　此处化用了牌戏谚语"笑笑再放下牌"（laugh and lie down），有性暗示。

|  |  |
|---|---|
|  | 视她为上天尤物，有福的女神。 |
|  | 我把她当女人来爱，要享有她， |
|  | 所以我俩都能爱她。 |
| **帕拉蒙** | 绝对不许你爱。 |
| **阿赛特** | 绝对不许爱？ |
|  | 谁敢不让我爱？ |
| **帕拉蒙** | 我，第一个看见她的人。是我 |
|  | 先将她向世人显露的万般美貌 |
|  | 尽数收入眼中。你要敢爱上她， |
|  | 或妄想干扰我的意愿，阿赛特， |
|  | 你便背叛了我，你就极端虚伪， |
|  | 如同你对她的权利。倘若你敢 |
|  | 对她存念，一切的友谊和血脉， |
|  | 连兄弟关系都一笔勾销。 |
| **阿赛特** | 我爱她。 |
|  | 即使要赔上我全家的性命去换， |
|  | 我也要去爱她。我用灵魂爱她， |
|  | 若要失去你，帕拉蒙，就分手吧。 |
|  | 我再说一遍我爱她，这其中有 |
|  | 我爱的权利，爱的自由，还有 |
|  | 我拥有她美貌的权利，我敢说， |
|  | 不差于哪个帕拉蒙或哪个父亲 |
|  | 所生的男子汉。 |
| **帕拉蒙** | 我曾认你为朋友吗？ |
| **阿赛特** | 是的，我也视你为知己。为何动怒？ |
|  | 请听我平心静气来解释。难道 |
|  | 我们未曾并肩出死入生？你说 |

|  | 我就是帕拉蒙，你也是阿赛特。 |
| 帕拉蒙 | 对。 |
| 阿赛特 | 难道我无权有同样情感，不能<br>与朋友分享欢乐、悲苦与恐惧？ |
| 帕拉蒙 | 可以。 |
| 阿赛特 | 那你为何做出奸猾的举动，<br>不近情理，绝不像高贵的亲人，<br>只想独占爱情？难道你真认为<br>我配不上她？ |
| 帕拉蒙 | 配得上。但你若去追她<br>就有失公平。 |
| 阿赛特 | 难道别人<br>先遇见敌人，我只能停下脚步，<br>丢掉自己的荣誉，再不冲锋向前？ |
| 帕拉蒙 | 对，若敌人只有一个。 |
| 阿赛特 | 可要是这一个<br>就想与我决斗？ |
| 帕拉蒙 | 那让他自己宣布，<br>你可如愿以偿。但若擅自追求，<br>你就如叛国的家伙该遭到诅咒，<br>恶棍一个。 |
| 阿赛特 | 你疯了。 |
| 帕拉蒙 | 我别无选择。<br>阿赛特，除非你改过。这对我<br>事关重大，我若一怒伤你杀你，<br>那也是出于真情。 |
| 阿赛特 | 算了吧，老兄， |

|          | 你说话像个小孩。我偏要爱她， |
|----------|---|

你说话像个小孩。我偏要爱她，
一定爱，应当爱。我有胆爱她，
我的爱光明磊落。

**帕拉蒙**　啊！但愿此刻
你虚伪的自我和你的朋友能有
片刻自由，我们各自手执利剑，
我定会痛痛快快给你一个教训，
教你明白让别人痛苦有何后果。
你这样的行为比偷包贼还下贱，
你若敢把头再往窗外伸出一点，
我发誓要把你的小命钉上窗栏。

**阿赛特**　力不能缚鸡的蠢货，看你敢动手？
别把头伸出去？我还跳出去呢，
我要跳进花园，一看见她——

狱吏上

就跳进她的怀抱，气死你。

**帕拉蒙**　住嘴！看守来了。只要有口气，
我一定用镣铐砸出你的脑浆。

**阿赛特**　砸呀。

**狱吏**　对不起，二位。

**帕拉蒙**　什么事，好看守？

**狱吏**　阿赛特殿下，请速去见公爵，
什么事我不知道。

**阿赛特**　我悉听尊便，看守。

**狱吏**　帕拉蒙王子，我得把您兄弟
从您身边带走片刻。

阿赛特与狱吏下

**帕拉蒙** 把我也带走，
哪怕是我的生命。为什么要他去？
可能让他娶爱米丽娅；他相貌英俊，
公爵可能早已注意他，看上了
他的血统与外表。可他不忠实！
做朋友却要背信弃义。若凭这
就能得到如此美貌高尚的妻子，
愿高尚之人永不生爱意，我只想
再看一眼这美人。有福的花园，
有福的花果，迎着她目光照耀
盛开结实！我多想用全部命运，
以此后毕生为代价，变成那边
一棵小树，变成那小小的杏树。
我定要展开我心中飞荡的双臂，
飞进她的窗户！将祭神的鲜果
带去让她品尝，让她吃后增添
双倍的年轻貌美与无比的欢乐；
她若非天上女神，定使她天性
与诸神相近，让他们为之敬畏。

狱吏上

如此她定会爱我。——怎么了，看守？
阿赛特去哪了？

**狱吏** 放逐了。庇里托俄斯殿下
为他求得了自由，但他以生命
起誓，这一生永远不再踏进
这个王国。

**帕拉蒙** 多么幸运啊，他能够

　　　　　　重见底比斯，召唤起勇猛青年，
　　　　　　让他们拿起武器，让他们冲锋，
　　　　　　烈火般猛扑向前。他准交好运，
　　　　　　如果想证明自己是真正的恋人，
　　　　　　他能在旷野中用战斗将她赢回；
　　　　　　他若是失去所爱，就成了懦夫。
　　　　　　为赢得所爱，他定会做出壮举。
　　　　　　他性情高尚，自会有千条办法！
　　　　　　我要是有了自由，定去做一番
　　　　　　了不起的善事，要让这位小姐，
　　　　　　这羞涩的姑娘，生出男子勇气，
　　　　　　来将我奋力夺去。

**狱吏**　　　　大人，我还有
　　　　　　给您的命令。

**帕拉蒙**　　是要结果我的性命。

**狱吏**　　　　不是。只是请大人从这里搬走，
　　　　　　这窗子开得太大。

**帕拉蒙**　　是谁心怀如此恶意？
　　　　　　让魔鬼拖了去！请你杀了我吧。

**狱吏**　　　　然后因此被绞死。

**帕拉蒙**　　凭天光起誓，
　　　　　　我手中若有剑必定杀了你。

**狱吏**　　　　大人，为何？

**帕拉蒙**　　你总给我带来恶劣的消息，
　　　　　　你不配活着。我不走。

**狱吏**　　　　您一定得走。

**帕拉蒙**　　我还能看见花园吗？

| | |
|---|---|
| **狱吏** | 看不见。 |
| **帕拉蒙** | 那我决心已定,不走了。 |
| **狱吏** | 那我只好强迫您了。您很危险,<br>还得给您多捆镣铐。 |
| **帕拉蒙** | 捆吧,看守,<br>我定要甩起铁镣让你无法安睡,<br>给你乱跳莫里斯舞。非走不可吗? |
| **狱吏** | 没有办法,非走不可。 |
| **帕拉蒙** | 永别了,善良的窗口,<br>愿狂风永远伤不着你。——姑娘啊,<br>倘若你知道什么叫悲伤,想想<br>我在受的痛苦。—— 来吧,葬了我。 |

帕拉蒙与狱吏下

## 第三场　／　第七景

雅典城外乡间

阿赛特上

| | |
|---|---|
| **阿赛特** | 被逐出王国?这样倒好,我真得<br>感谢如此的宽厚。可是被放逐<br>就看不见我愿为之去死的脸庞,<br>哼,这用尽心计的惩罚,这是<br>难以想象的死刑——这样的报复, |

就算我作恶多年，罪行累累，
也绝对不应该经受。帕拉蒙，
头一阵且算你赢了。你能留下，
每天清晨倚窗凝望她双眼闪亮，
让生命注入你的躯体；能伴着
那甜蜜而高尚的美貌生活下去，
造物从未也永无法超越这高尚。
天上的神明！帕拉蒙多么幸福！
他十有八九会走过去同她搭讪，
她那样温柔美丽，我肯定她将
归属他，那舌头能驯服暴风雨，
也能将旷野的岩石软化。
不管怎样，
无非一死，我决不离开这国家，
虽然我知道，祖国已成了废墟，
万事无补。我一走，他会得到她。
若换个装束，我定能逃出险境，
不然就让我死在此地。就这样：
我要见她靠近她，否则命有何用。（退至一旁）

四乡民上，其一在前执一花环

**乡民甲**　　各位，我会去的，肯定会去。

**乡民乙**　　我也会去。

**乡民丙**　　还有我。

**乡民丁**　　我也跟你们去，不过就是挨顿骂。让犁耙也歇一天吧，明
天我再冲那马屁股使劲来两下。

**乡民甲**　　我婆娘准眼馋得像雌火鸡发疯。没关系，我一定去，随她
咕哝。

| | |
|---|---|
| **乡民乙** | 明晚爬到她船上灌她一肚子,就什么气也没了。 |
| **乡民丙** | 嗨,只要让她捏根小鞭鞭,你准能让她受次新教训,服服帖帖的。五月节庆我们都去吗? |
| **乡民丁** | "去吗?"有什么能阻挡我们? |
| **乡民丙** | 阿尔卡斯也会去的。 |
| **乡民乙** | 还有赛诺伊和里卡斯。林子里跳舞,谁也比不上这仨小伙。哈!你们知道哪些姑娘会去?不过,你们说,那个穷讲究的教书先生会说到做到吗?一切全靠他了,伙计们。 |
| **乡民丙** | 他一准去,肯定去。他和染匠女儿的事已经是铁定了的,不会有变。那姑娘一定会去见公爵,也一定会去跳舞。 |
| **乡民丁** | 咱们能跳个痛快吗? |
| **乡民乙** | 定叫全雅典的小伙子都追着我们喘大气。跳这边,跳那边,为咱镇子使劲跳,跳这边,跳那边。伙计们,为咱织布匠争口气! |
| **乡民甲** | 这得在林子里跳。 |
| **乡民丁** | 是这样吗? |
| **乡民乙** | 就是嘛。咱那位有学问的家伙就是这么说的。他本人会在林子里伶牙俐齿地代表我们向公爵恭维几句。他一进林子就十分了不得,可一出林子,那学问就不管事了。 |
| **乡民丙** | 咱们先看比赛,然后就看咱们自己的了。好了,好伙计们,来演习一下。趁姑娘们还没看见我们,做得漂亮点,没准能遇上好事。 |
| **乡民丁** | 就这么定了。比赛一结束,我们就表演。走呀,伙计们——等等! |
| **阿赛特** | (上前)对不起,各位朋友,请问各位是去哪里? |
| **乡民丁** | 去哪里?嗨,这是什么问题? |
| **阿赛特** | 没错,这是个问题,可是我不知道答案。 |

| | |
|---|---|
| **乡民丙** | 去竞技大会啊，朋友。 |
| **乡民乙** | 这都不知道？你哪里人？ |
| **阿赛特** | 不远处，先生。今天就有这样的竞技会吗？ |
| **乡民甲** | 不错，今天就有。这样的会你从没见过。公爵本人也一定会亲自到场。 |
| **阿赛特** | 有哪些好玩的项目？ |
| **乡民乙** | 有摔跤，有赛跑。这家伙真无知啊！ |
| **乡民丙** | 你不一起去吗？ |
| **阿赛特** | 还没拿定主意，大爷。 |
| **乡民丁** | 好吧，大爷，慢慢想去吧。咱们走，伙计们。 |
| **乡民甲** | （旁白。对其他乡民）我心里有点不踏实。这家伙没准有点功夫，你看他那副身板。 |
| **乡民乙** | 我打赌他绝对不敢冒险。去他妈的一碗水果羹！他摔跤？煮鸡蛋去吧！走，伙计们，咱们走。　　　　　　　乡民四人下 |
| **阿赛特** | 这可是送上门来的机会。<br>我连想都不敢想。我曾摔过跤，<br>最棒的摔跤手也为我叫好；我曾<br>旋风般在田里赛跑，快步如飞，<br>踏弯沉甸饱满的谷穗。我试试，<br>先稍加改装略显穷相，谁肯定<br>我就不能有幸戴起胜利花环？<br>谁肯定幸运不会送我到那地方，<br>能让我永远驻足凝视那姑娘？　　　　阿赛特下 |

# 第四场 / 第八景

监狱中或附近

狱吏女儿独自上

**狱吏女儿**　我怎会爱上这位少爷？他可能
　　　　　永远不会爱上我。我出身卑贱，
　　　　　父亲是看管他牢房的小小狱吏，
　　　　　而他是一位王子。嫁他没指望，
　　　　　做他情妇又太不聪明。天晓得，
　　　　　女孩子一到十五岁上，怎么会
　　　　　变成这模样！我第一眼看见他，
　　　　　心里就暗暗觉得他准是个好人；
　　　　　他身上有许多地方让女人喜欢——
　　　　　若他愿表现出来——我这双眼睛
　　　　　没见过这么多优点。我可怜他，
　　　　　我这样的姑娘，只要有过梦想
　　　　　或起誓把少女的贞操献给年轻
　　　　　貌美的男子，都会这样。后来
　　　　　我爱上了他，不顾一切没命地爱。
　　　　　他还有个兄弟，和他一样出众，
　　　　　但我还是爱帕拉蒙，爱在心里。
　　　　　主啊，他让我心动！一天傍晚
　　　　　我听到他唱歌，歌声如来自天堂！
　　　　　声调却十分悲伤。他讲起话来
　　　　　比任何男人都更动听。每天早晨

我给他送水去，他总要先弯下
尊贵的身子，然后就向我问好，
"温柔的姑娘，早上好。愿善良
给你带来幸福的丈夫。"一次他吻我，
一连十天我加倍喜爱我的嘴唇，
但愿他能天天吻我。他很伤心，
看见他如此，我心里同样难受。
该怎么做才能让他知道我爱他？
我真想得到他。比方说，设法
把他放走？按法律结果会怎样？
管他法律还是亲人！我做定了。
无论今晚明早非让他爱我不可。　　　　　　下


# 第五场　　/　　第九景


雅典—竞技场附近

幕内一阵号筒齐奏，传来呼喊声。忒修斯、希波吕忒、庇里托俄斯、爱米丽娅、戴花环的阿赛特及其余众人上

**忒修斯**　　（对阿赛特）你十分出色。自赫丘利以来，
　　　　　　我未曾见有你这般膂力强健的。
　　　　　　不管你是何方何人，这些年来
　　　　　　就数你摔跤最猛，奔跑也最快。
**阿赛特**　　能使您高兴我很自豪。

| | |
|---|---|
| 忒修斯 | 你出生哪里？ |
| 阿赛特 | 就在本国，离此很远。 |
| 忒修斯 | 是贵族吗？ |
| 阿赛特 | 父亲说我是的，<br>并教我许多贵族必备的品格。 |
| 忒修斯 | 你是他继承人？ |
| 阿赛特 | 是最小的，殿下。 |
| 忒修斯 | 那你父亲<br>是有福之人。你有什么证明吗？ |
| 阿赛特 | 各种高贵的品质我都具备一些：<br>我放过猎鹰，驯教过吠声洪亮的<br>狗群；骑术不敢自夸，但熟人们<br>都说那是我的拿手；最重要的是，<br>人人都觉得我是好士兵。 |
| 忒修斯 | 你倒是十全十美。 |
| 庇里托俄斯 | （对爱米丽娅）以灵魂起誓，还十分英俊。 |
| 爱米丽娅 | 的确是这样。 |
| 庇里托俄斯 | （对希波吕忒）夫人您觉得他怎样？ |
| 希波吕忒 | 他让我惊讶。<br>从未见像他那样，尚如此年轻，<br>便如此高贵，若他所说为实。 |
| 爱米丽娅 | 放心。<br>他母亲定是位极其漂亮的女人，<br>他的面容就是明证。 |
| 希波吕忒 | 可他的身躯<br>和火一般的意志说明他有位英勇的父亲。 |
| 庇里托俄斯 | 他的优点如藏在云层后的太阳， |

|  | 射透微贱的衣装。 |
|---|---|
| 希波吕忒 | 他一定出自名门。 |
| 忒修斯 | （对阿赛特）先生，你为何而来？ |
| 阿赛特 | 尊贵的忒修斯，<br>我来寻取功名，尽我微薄之力<br>侍奉您。您品行高尚久经考验，<br>这世上只有在您的王宫才能找到<br>公正的荣誉。 |
| 庇里托俄斯 | 他言辞得当颇有分寸。 |
| 忒修斯 | （对阿赛特）先生，感谢你远道而来的辛苦。<br>你定会得偿所愿。庇里托俄斯，<br>按规定奖赏这位英俊绅士。 |
| 庇里托俄斯 | 谢谢，忒修斯。——<br>（对阿赛特）无论你什么身份，请听我吩咐，<br>给你一项美差，服侍这位小姐。（带阿赛特到爱米丽娅面前）<br>这位美丽年轻的姑娘天性善良，<br>你已经用自己的优点为她庆生，<br>奖赏你归她所有。吻她的手吧。 |
| 阿赛特 | 大人，您是高贵的施者。——<br>（吻爱米丽娅的手）亲爱的美人，<br>请允我印上坚定的忠诚。若在下<br>那配不上您的生灵竟冒犯了您，<br>您一声令下，他必死无疑。 |
| 爱米丽娅 | 这未免太过残酷。<br>您是否有本事，我很快能看出。<br>您属于我，我便要让您去做高于您身份的事。 |
| 庇里托俄斯 | （对阿赛特）我马上给你装备齐全。你说过 |

你骑术高超，今天下午我请你

骑上一阵，但那可是一匹烈马。

阿赛特　　那更好，殿下。那我就不至于

在马鞍上冻僵。

忒修斯　　（对希波吕忒）亲爱的，请准备好——

（对庇里托俄斯）爱米丽娅，朋友们，其余各位，

明天日出时分，我们同去观看

狄安[1]森林中的五月节庆。（对阿赛特）先生，

小心伺候。——爱米丽[2]，我希望

他不至于非得步行。

爱米丽娅　　那可太丢人了，大人。

（对阿赛特）我有好多匹马，可任由您挑选，

无论您看中哪匹，说一声就行。

若您能悉心伺候，我向您保证

您的女主人定会慷慨大方。

阿赛特　　倘若我

没有做到，就让我遭羞辱、受责打，

家父最恨如此。

忒修斯　　去吧。你赢得了权利，

去领受应得的荣誉并好好享受，

也理所当然，这样才合情合理。

妹妹，我真心起誓，我若是女人，

连我都愿意让你的仆役做主人。

当然你很聪明。

---

1　狄安（Dian）：即贞节和狩猎女神狄安娜。

2　爱米丽（Emily）：即爱米丽娅。——译者附注

爱米丽娅　　　我希望我不够聪明，大人。

喇叭奏花腔。众人下

## 第六场　　/　　第十景

监狱附近

狱吏女儿独自上

狱吏女儿　　　让所有的公爵和魔鬼都嚎叫吧，
　　　　　　　他自由了。我已为他甘愿冒险，
　　　　　　　把他放了出来，送进小树林里，
　　　　　　　离这儿一里之外。有一棵杉树
　　　　　　　比别的树都高，像撑开的绿伞，
　　　　　　　紧挨在小溪旁。让他藏在那里
　　　　　　　直到我取来锉刀和食物，因为
　　　　　　　他那副铁镯子还没摘掉。爱啊，
　　　　　　　你真是个大胆顽童！要是我父亲，
　　　　　　　用冰冷的铁片逼着他也决不敢这样做。
　　　　　　　我爱他，超过普通人之间的爱，
　　　　　　　顾不上明智安全。我已告诉他，
　　　　　　　我不在乎也顾不得。要是国法
　　　　　　　将我扣住，判我死罪，总会有
　　　　　　　心地诚实的姑娘为我唱起挽歌，
　　　　　　　告诉后人，说我死得十分高尚，

像一位殉道圣女。他要去哪里，
我就跟到哪里。他是个男子汉，
肯定不会把我就这样扔在此地。
否则姑娘们将再不会轻信男人。
不过他还没谢我一声，我为他
做了这些，却没有得到一个吻，
我看这可不太妙；我几乎无法
劝说他脱身逃走做个自由的人，
他说他生怕连累了我和我父亲，
还一味地责备自己。但我希望，
他再多想想，就能更深地明白
我对他的爱意。他愿怎样对我
就让他怎样。不然我要责怪他，
当面说他没有男人气度。眼下
我要打点衣装，为他拿些东西，
只要能找到路，我就去闯一下，
只要他在我身旁。我要像影子
与他日夜不离。一小时后牢里
定会乱成一团，而我却正亲吻
他们要找的人！再见了，父亲，
再来些这样的囚犯，多几个这样的女儿，
您恐怕只能看管自己。——这就去他那儿。 下

# 第 三 幕

## 第一场　　/　　第十一景

雅典附近一处森林

各处传来号筒声、嘈杂声和呼叫声；人们在庆祝五月节

阿赛特独自上

**阿赛特**　　公爵与希波吕忒走散，各去了
不同的林间空地。这是雅典人
盛花五月的隆重典仪，他们在
尽情欢庆。啊，女王爱米丽娅，
您比五月更加鲜嫩，比花束上
金色的花蕾更芳香，比花园中
色彩明艳的小花小草更加漂亮。
我们将您同山林溪水之神比较，
它们让鲜花开满河岸溪流，而您
是森林和世界的珠宝，一露面，
就给林间小路带来祝福。卑微的我
也能偶尔到您熟思深虑的树林中
折几株贞洁思绪！巧遇这样的
女主人是三生有幸，我从不敢
指望。命运女神啊，您仅次于
我的女王爱米丽，请您告诉我，
我该有多么的骄傲。她关注我，
把我留在身旁；在美丽的早晨，

　　　　　　　在一年中最好的时光，送给我
　　　　　　　一对骏马，那两匹战马配得上
　　　　　　　国王骑坐，骑着它们奔向战场，
　　　　　　　为王冠去拼杀。遗憾哪，遗憾，
　　　　　　　可怜兄弟帕拉蒙，可怜的囚徒，
　　　　　　　你做梦都想不到我会如此幸运。
　　　　　　　你以为自己更幸福，可以靠近
　　　　　　　爱米丽娅；以为我去了底比斯，
　　　　　　　脱身牢狱却陷入痛苦。可一旦
　　　　　　　知道女主人在对我说话，我在
　　　　　　　聆听仙音，沐浴神光，兄弟啊，
　　　　　　　你会何等激愤！

帕拉蒙上。他身戴镣铐，从灌木中钻出，向阿赛特挥拳

**帕拉蒙**　　　　背信弃义的胞亲，
　　　　　　　这囚禁的标志若能离开我身体，
　　　　　　　定让你尝尝我的愤怒。这只手
　　　　　　　若握着利剑，以一切誓言发誓，
　　　　　　　我和正义的爱情定要让你承认
　　　　　　　自己是叛徒。你这个背信之徒，
　　　　　　　表面温良，实际上却廉耻尽丧，
　　　　　　　徒披君子外衣。血统上是兄弟，
　　　　　　　却是极端虚伪之徒！说她归你？
　　　　　　　纵使我现在身戴镣铐赤手空拳，
　　　　　　　也定要证明你撒谎。你这贱贼，
　　　　　　　偷人所爱，是个一文不值的贵族，
　　　　　　　叫恶棍都不配。我手中若有剑，
　　　　　　　若卸掉这身枷锁——

| 阿赛特 | 亲爱的兄弟帕拉蒙—— |
|---|---|
| 帕拉蒙 | 骗子阿赛特，用与你行为相配的语言<br>对我说话好了。 |
| 阿赛特 | 在我心胸之中，<br>你无法找到任何你描绘的那种<br>卑劣的东西。好好听我回答你：<br>你因为激愤，才如此误解了我，<br>可这样的激愤对你不利，对我<br>也没有好处。我内心里珍藏的<br>只有荣誉与诚实。随便你怎样<br>对此视而不见，兄弟，我还是<br>要用它们指导我的行动。请你<br>用坦率的语言表明痛苦，因为<br>你与之争执的人和你地位相当，<br>他要用真正贵族的心怀与刀剑<br>清扫道路。 |
| 帕拉蒙 | 阿赛特，就怕你不敢！ |
| 阿赛特 | 好兄弟，你曾经亲眼目睹过<br>我有多大胆量，你见我如何挥刀<br>回答别人的威胁。你不许别人<br>怀疑我的勇气，也定会打破缄默，<br>哪怕你正躲藏在庇护所里。 |
| 帕拉蒙 | 先生，<br>我曾见过你在那些场合的表现，<br>称得上男子汉英勇。人们称你<br>好骑士胆气超人。但一日下雨 |

                一周泡汤，[1]人们的勇气也会因
                背叛而全部丢光。然后，他们
                就像熊一样被迫应战，不捆住，
                就要逃。

**阿赛特**      胞亲，这种事情
                你不如留着对镜子去说去做，
                我的耳朵可鄙弃你。

**帕拉蒙**      那你就过来，
                帮我打开冰冷的镣铐，给我剑，
                哪怕已上锈，再请你做件好事，
                给我一顿饭，然后来与我对峙。
                去拿把闪亮的剑，你若敢说声
                爱米丽属于你，若你赢下决斗，
                我立刻就原谅你对我和我生命
                犯下的罪过。若有英勇的灵魂
                前来想打听尘世的消息，他们
                得到的只会是这样一条：
                你为人既勇敢且高尚。

**阿赛特**      就这么办。
                先请你暂时回到那片荆棘丛中，
                我一定在黑夜的掩护之下回来，
                带来足够的食物，还要替你把
                累赘除去：带给你衣服和香水，
                以除去牢狱的气味。做完之后，
                只要你伸伸胳膊说声"阿赛特，

---

1 "一日下雨，一周泡汤"是句民谚，意思是小小的缺点就能毁了整体。——译者附注

我准备好了！"就会有铠甲刀剑

供你挑选。

**帕拉蒙**　　天哪，如此高尚之人

竟能做出那样的亏心事？只有

阿赛特一人，也只有阿赛特

才有如此的胆气去做。

**阿赛特**　　亲爱的帕拉蒙。（上前拥抱帕拉蒙）

**帕拉蒙**　　我拥抱你，接受你的馈赠，但

接受的只是馈赠，至于你本人，

说实话，我正盼望着要把你

挑在刀尖之上。（传来号角声、号筒声）

**阿赛特**　　你听见这号声了。

快躲进树丛去，免得这场决斗

没开始就结束。握握手，再见。

我会把必需的一切带来，请你

安心休息，蓄锐养精。

**帕拉蒙**　　请说到做到，

哪怕要皱着眉头去做。你根本

不会爱我，就对我粗暴一点吧，

说话也不必花言巧语。我真想

说一句揍你一拳，而我的怒气

仍不会因理智得到控制。

**阿赛特**　　原谅我

说话生硬直白：虽用马刺踢马，

我并无责怪之意，满意或愤怒

在我是同一种表情。（号角吹起）听，在召唤

走散的人去参加宴会，你能猜到

|          | 我还有一点差事。 |
|----------|------------------|
| **帕拉蒙** | 兄弟，你的伺候 |
|          | 上天不会欢喜。我知道这差事 |
|          | 来路并不光明。 |
| **阿赛特** | 它来得名正言顺。 |
|          | 这事我已想好，我俩间的病痛 |
|          | 只有用放血来治。因此我希望 |
|          | 你就用刀剑来转达自己的请求， |
|          | 不必再多费言语。 |
| **帕拉蒙** | 我还有一句话， |
|          | 你现在要去盯着我的恋人了， |
|          | 你记住，她是我的。 |
| **阿赛特** | 不是。 |
| **帕拉蒙** | 不，你听好！ |
|          | 你说要给我吃的让我增长力气， |
|          | 现在却要去对着太阳注目而视， |
|          | 而阳光照着谁，谁就力量倍增。 |
|          | 你已胜一筹。算了，去享用吧， |
|          | 我迟早要讨回应得的补偿。再见。 |

同下


## 第二场 　/　 景同前


狱吏女儿独自上，执一锉刀

**狱吏女儿**　　他记错了我让他藏身的小树丛，

自行其是却走失了。现在天已快大亮。
这没关系，但愿这是永久的黑夜，
黑暗笼罩大地。听，狼在嚎叫！
悲伤已使我不再害怕，只担心——
不为别的事，只为帕拉蒙担心。
哪怕狼来咬我也不怕，只要他
拿到这把锉刀。我来喊他怎样？
千万不能喊。低声叫叫又怎样？
他要是不应答，我会把狼引来，
狼就会把他吃掉。漫漫长夜中
我听见奇怪的嚎叫，莫不是狼
已将他做了食物？他手无利器，
又跑不动，浑身上下镣铐叮当，
会让野兽听见，它们单凭感觉
就知道谁赤手空拳，也能闻出
谁试图抵抗。这样我只能认为
他已被撕成碎片；来了一群狼，
一起把他吃掉了。不能再想了。
壮起胆子去敲丧钟。我怎么办？
他完我也完。不，不，我撒谎，
他逃走了，我的父亲会被绞死，
我要去求情。我不会只顾生命
而把此事否认，我决不那么做，
哪怕要死几十次。我昏昏沉沉，
两天没吃一口东西，
只喝了一点水。我没合过眼皮，
除非要擦掉落下的咸水。天哪，

消散吧生命，别让我理智错乱，
别让我跳河、刀扎自己或上吊。
天哪，我的自然形状都已毁掉，
最好的支柱已扭曲！[1] 该走哪条道？
最好的路就是最近坟墓的那条。
人世间再走别的道路便是折磨。
月亮沉，蟋蟀叫，猫头鹰刺耳
叫唤着天亮到。一切都已做完，
只剩下这件事，但这点最重要——
要了结，要一了百了。

下

## 第三场　　/　　景同前

阿赛特执肉、酒及锉刀上

**阿赛特**　　就在附近了。嗨，帕拉蒙兄弟！

帕拉蒙上

**帕拉蒙**　　（迟疑）阿赛特？

**阿赛特**　　是我。给你带来了食物和锉刀。
　　　　　　来吧，别怕。这里没有忒修斯。

**帕拉蒙**　　也没他那样磊落之人，阿赛特。

---

1　最好的支柱已扭曲（thy best props are warped）："支柱"即"精神支柱"。这里可能暗示她
　　意识到精神已有失常迹象。——译者附注

| 阿赛特 | 有没有无所谓，<br>我们以后再争吧。来，壮壮胆，<br>你可不能野兽般死去。喝酒吧，<br>看你太虚弱，喝完再与你论理。 |
|---|---|
| 帕拉蒙 | 阿赛特，你满可以毒死我。 |
| 阿赛特 | 是啊，<br>但我得先怕你。坐下，乖乖的，<br>别说这没用的空话。我俩一向<br>名声很好，别让人嚼舌说我们<br>是蠢货和胆小鬼。为你健康干杯！（喝酒） |
| 帕拉蒙 | 干杯。 |
| 阿赛特 | 请你坐下听我说一句。凭着你<br>身上的全部诚实和荣誉之心，<br>别再提那位小姐，那只会让我们心烦。<br>我们改个时间谈吧。 |
| 帕拉蒙 | 好的，我保证不提。（喝酒） |
| 阿赛特 | 伙计，痛快喝一口，气血便阳刚。<br>你不觉得血脉在跳了吗？ |
| 帕拉蒙 | 别急。让我喝上两口再告诉你。 |
| 阿赛特 | 痛快喝，<br>公爵那儿有的是。快吃吧。 |
| 帕拉蒙 | 好。（吃肉） |
| 阿赛特 | 你的胃口这么好，真让我高兴。 |
| 帕拉蒙 | 肉太好吃了，我当然更开心啦。 |
| 阿赛特 | 兄弟，待在野林岂不让人发疯？ |
| 帕拉蒙 | 是啊，居心不良的人是会这样。 |
| 阿赛特 | 这些东西的味道怎么样？我看 |

|  | 你是饿急了没调味料也香。 |
|---|---|
| 帕拉蒙 | 是不用， |
|  | 再说你的调味也不好。这是什么？ |
| 阿赛特 | 鹿肉。 |
| 帕拉蒙 | 这肉味道极好。 |
|  | 再来点酒吧。来，阿赛特，为我们当年 |
|  | 交往的姑娘们干杯！那个总管的女儿 |
|  | 你可还记得？ |
| 阿赛特 | 好兄弟，你先说吧。 |
| 帕拉蒙 | 她爱上一名黑发男子—— |
| 阿赛特 | 不错。怎么了？ |
| 帕拉蒙 | 我听人叫他阿赛特。还有—— |
| 阿赛特 | 说下去呀。 |
| 帕拉蒙 | 她在花园里与他幽会。 |
|  | 她做了什么，兄弟？她弹琴了？ |
| 阿赛特 | 是弹了什么。 |
| 帕拉蒙 | 结果她哼了一个月、两个月、三个月或者十个月。 |
| 阿赛特 | 那将军的妹妹 |
|  | 也弹过琴，这我可记得。不然 |
|  | 那是个谣传？你为她祝酒吗？ |
| 帕拉蒙 | 当然。 |
| 阿赛特 | 那可是个漂亮的棕发妞。有一回 |
|  | 年轻人去打猎，那里有片林子 |
|  | 山毛榉枝大叶茂，还有个段子呢——唉！ |
| 帕拉蒙 | 我发誓你是为爱米丽叹气！蠢货， |
|  | 别硬装出轻松样子。再说一句， |
|  | 你叹息就为爱米丽，下贱的兄弟， |

|  | 你想先破戒吗？ |
|---|---|
| **阿赛特** | 你胡说。 |
| **帕拉蒙** | 对天地起誓，你这人一点不诚实。 |
| **阿赛特** | 那我走了，你简直是头畜生。 |
| **帕拉蒙** | 是你逼的，背信弃义的家伙。 |
| **阿赛特** | 这都给你：锉刀，衬衫，香水。<br>大约两小时后我回来，也给你<br>带来了结一切的东西。 |
| **帕拉蒙** | 刀剑铠甲。 |
| **阿赛特** | 别担心。你现在太脏了。再见。<br>摘了镣铐，你要什么有什么。 |
| **帕拉蒙** | 兄弟—— |
| **阿赛特** | 不听你说了。 下 |
| **帕拉蒙** | 他若敢践约回来，就必死无疑。 下 |

## 第四场 / 景同前

狱吏女儿上

| **狱吏女儿** | 天真冷啊。天上星星都已出来。<br>小星星，大星星，真像装饰品。<br>瞧，我真是太愚蠢了。帕拉蒙！<br>喊什么？他在天上，我在哪里？<br>瞧海上那条船，晃动得真厉害！ |
|---|---|

海水下有块大石头，盯着大船。

瞧，船撞了石头。完了，完了，完了，

裂开了个大口子，¹ 他们喊声多凄惨！

快迎风开帆，不然一切全玩完。

小子们，拉两道矮帆抢风调向²。

晚安晚安，你完蛋了。我饿了。

真想找只青蛙，让他把全世界

发生的事都对我讲讲；我再用

海螺壳做条大船，朝东北偏东

扬起风帆，寻找矮人国的国王，

他算命举世无双。可怜的父亲

明天一早十有八九要被人套进

绳圈。我一个字都不会说的。

（唱）

我把绿衣衫往膝盖上截去一尺，

我把长刘海从眼皮下留足一寸；

　　嗨，呶呢呶呢呶呢³。

要他给我买匹马，骑上白马断尾巴，

去那广阔世界里，骑上白马寻找他。

　　嗨，呶呢呶呢呶呢。

我要学那夜莺鸟，找来一根荆棘刺，

---

1　裂开了个大口子（There's a leak sprung）：暗喻女子失去贞操。

2　"抢风调向"原文 tack about 与 tackle 部分谐音，tackle 有"男性生殖器"之义。

3　呶呢（nonny）：衬词，没有具体的意义，常用于在诗歌叠句中代替不雅词或用作"阴道"的委婉语。

用它戳住我胸口，¹ 不让自己睡得死。　　　　　　　下

## 第五场　/　景同前


一乡校先生、四乡民、一乡民装扮的狒狒、两三村姑及一击手鼓者上

**乡校先生**　　呸，呸，瞧你们多讨厌，又蠢得可怜！那些基本跳法我不早就辛辛苦苦教给你们了？灌给你们了？打个比方说，我那些学问做成的水果羹不早就放在你们面前了？还一个劲儿喊"往哪跳"、"怎么跳"、"为什么"！你们这些粗布粗坯，三四流的脑袋瓜，我不是说了"这么做"、"那么做"、"然后这么做"吗，怎么谁都没听懂？天乎天乎，何不助吾。全是些笨蛋。瞧，我站这里，公爵从这边来，你们在那边，藏在树丛里。公爵一到，我就迎上去对他说许多深奥的话，用许多的辞藻，他听了直点头，唔唔几声，高喊"了不起！"然后我就走上前去。我把帽子一扔——瞧，就这样！然后你们就像当年墨勒阿革耳²斗野猪，一个个温文尔雅地迎着他走去，体态要端庄优美。一个舞姿，一个舞步，然后转身。孩子们。

**乡民甲**　　杰拉德老师，我们会做得很优美。

---

1　这几行里的"骑"（ride）、"断"（cut，暗喻阉割）、"戳"（prick）等均有性暗示。——译者附注

2　墨勒阿革耳（Meleager）：希腊神话中的勇士，他组织了一次狩猎，杀死了卡吕冬的野猪（the Calydonian Boar）。

| | |
|---|---|
| **乡民乙** | 排起队来。打手鼓的在哪里？ |
| **乡民丙** | 喂，提摩西！ |
| **击手鼓者** | 来了！疯伙计们。恭候在此！ |
| **乡校先生** | 别急。他们的女伴在哪里？ |
| **乡民丁** | 弗丽兹和莫德琳在这里。 |
| **乡民乙** | 腿儿白白小露西，跳蹦蹦的芭白丽。 |
| **乡民甲** | 有雀斑的小耐儿，从没让老师失望过。 |
| **乡校先生** | 姑娘们，丝带在哪里？ |
| | 身体要柔软， |
| | 舞要跳得既优美又轻巧， |
| | 还要不时来个鞠躬快跳。 |
| **耐儿** | 先生，您尽管放心。 |
| **乡校先生** | 还有几个乐师呢？ |
| **乡民丙** | 都散了。是你让他们走的。 |
| **乡校先生** | 成对站好。 |
| | 看还缺什么。狒狒在哪里？——朋友， |
| | 提尾巴的姿势可不能让姑娘害羞， |
| | 惹夫人生气，别留下话柄；翻筋斗 |
| | 一定要勇敢泼辣，带点男人的阳刚， |
| | 学狗叫可得注意分寸。 |
| **狒狒** | 遵命，先生。 |
| **乡校先生** | 还少个女的，怎么又姗姗来迟了？[1] |
| **乡民丁** | 吹了算啦，肥油入火——全完啦。 |
| **乡校先生** | 算给一位博学之士说对了： |

---

1 原文为拉丁语：*Quo usque tandem?* 字面意思为"那么还要多久？"引自西塞罗（Cicero）的第一篇反喀提林（Catiline）演说。

我们辛辛苦苦爬房洗瓦，
全都愚蠢透顶白干一场。

**乡民乙** 就是那该骂的家伙，那贱坯，
她好好答应一定会来的——
就是西赛丽，那女裁缝的闺女。
再要送手套，非给她双癞狗皮的。
哼，让我们白等，看不收拾她，阿尔卡斯！
她还以圣餐起誓会说话算话呢。

**乡校先生** 一位博学诗人说过，
女人像黄鳝，要抓掐尾巴，
若用牙去咬，两个全溜掉。
这种举止完全就是不合逻辑。

**乡民甲** 让她害热病！她在哆嗦发抖吗？

**乡民丙** 我们
怎么办，先生？

**乡校先生** 什么都别干了。
我们的演出算是一事无成。
哎，真叫人痛心，真让人伤心。

**乡民丁** 咱可把镇子的名声全押上了，
你却一会儿发火一会儿使气，
你想怎样就怎样，我可要和你算账。

狱吏女儿上

**狱吏女儿** （唱）
"乔治·爱罗"号从南边开来，
从柏柏里的海岸开过来；
在那里他碰上了无畏舰，
一条，两条，有三条呀。

> 欢呼吧，欢呼吧，欢乐的勇士，
> 你们现要去何方？

乡民搬出椅凳

> 请来做伴陪陪我，
> 直到我开进那港湾。
> 三个傻瓜为一只小猫头鹰吵翻了——
> 一个说这是只猫头鹰，
> 另一个说不是猫头鹰，
> 第三个说这是只老雕，
> 脖颈上铃铛已给摘掉。

**乡民丙**　　先生，来了个挺俊的疯女人。

> 来得正巧。疯归疯，要是能
> 让她来跳，咱们可就得救了。
> 我看她能跳出最精彩的腾跳。

**乡民甲**　　一个疯姑娘？伙计们，咱成了。

**乡校先生**　好姑娘，你疯了吗？

**狱吏女儿**　不疯才难受呢。把手伸出来。

**乡校先生**　干吗？

**狱吏女儿**　我能给你算命。

> 你是笨蛋。数到十看看，难住了不是？
> 朋友，你千万别吃白面包，否则
> 牙齿会不停淌血。我们跳个舞吧？
> 我认识你，是个补锅匠，补锅匠，
> 可别把不该补的洞也给补上了。[1]

---

1　可别把不该补的洞也给补上了（Stop no more holes but what you should）：暗指不能随便和
　女人发生性关系。

| | |
|---|---|
| **乡校先生** | 天哪，姑娘，我是补锅匠？ |
| **狱吏女儿** | 不然就是玩戏法的。<br>唤个魔鬼出来，让它和着铃铛和<br>指挥棒跳个"谁过街"[1]。 |
| **乡校先生** | 快好言好语劝她安静下来。<br>"吾已成大业一桩，任天神作怒<br>或天火熊熊，都不能毁损。"[2]<br>奏乐，把她带进舞圈。（击手鼓者击鼓） |
| **乡民乙** | 来吧，姑娘，咱们一组。 |
| **狱吏女儿** | 我领跳。（跳舞，号角吹起） |
| **乡民丙** | 行，行。 |
| **乡校先生** | 劝得好，说得妙。孩子们，快走！　　　除乡校先生外均下<br>我听见号角了。让我考虑一下，<br>你们记住接上。（朝众人背影喊）帕拉斯[3]，给我灵感吧。 |

忒修斯、庇里托俄斯、希波吕忒、爱米丽娅、阿赛特及扈从上

| | |
|---|---|
| **忒修斯** | 牡鹿走的这条道。 |
| **乡校先生** | 敬请留步听我说。 |
| **忒修斯** | 什么事？ |
| **庇里托俄斯** | 大人，乡民们有点活动。 |
| **忒修斯** | 好哇，先生。（对乡校先生）说下去，<br>我们恭听。——女士们请坐，我们一起等着听。 |
| **乡校先生** | 向公爵致敬！向各位女士致意！ |

---

1  "谁过街"（*Chi passa*）：一首流行舞曲起首歌词。

2  "吾已成大业一桩……都不能毁损"：原文为拉丁语 *Et opus exegi quod nec Jovis ira, nec ignis.* 引自奥维德的《变形记》。

3  帕拉斯（Pallas）：即希腊神话中的智慧女神雅典娜（Athena）。

**忒修斯**　　　这个开场可够冷的。[1]

**乡校先生**　　如蒙您赏光，咱们的乡村娱乐
　　　　　　　就算成功。聚集在此地的伙计，
　　　　　　　被人们不太礼貌地称作"村夫"。
　　　　　　　实话实说，不打诳语，咱们是
　　　　　　　一群快活人，或曰一群小百姓。
　　　　　　　一伙人，打个比方就是合唱组，
　　　　　　　当着尊贵殿下来跳个莫里斯舞。
　　　　　　　在下为本队人马的指导，头衔
　　　　　　　是"乡校先生"[2]。白桦棒举得高高，
　　　　　　　专敲小家伙的屁股，再用戒尺
　　　　　　　让大小伙们俯首听教。咱们要
　　　　　　　在此献上舞蹈一组，或曰一套，
　　　　　　　尊贵的公爵，您英武威震敌胆。
　　　　　　　从冥神狄斯到代达罗斯[3]，威名
　　　　　　　扬遍四方。请助我这好心之人，
　　　　　　　用您闪烁的双眼将他看个仔细。
　　　　　　　身材高大的"莫尔"力气无比，
　　　　　　　那厢来了"里斯"，他俩粘一起
　　　　　　　就成了咱要跳的"莫里斯"舞。
　　　　　　　咱的表演大部分已经仔细推敲，
　　　　　　　我先出场，一身土气略显粗俗。

---

1　"致意"一词英语为 hail，另有"雪霰"之义，故有"够冷的"一说。——译者附注
2　原文是 *pedagogus*，拉丁语。
3　狄斯（Dis）是罗马神话中的冥界之神，亦称普路同（Pluto）；代达罗斯（Daedalus）是建造
　　克里特迷宫的希腊艺术家兼工匠。乡校先生此处在卖弄学识。——译者附注

先向尊贵的殿下说明表演目的，
单将我的陈述供奉在您的脚下；
接着，五月王五月后衣着鲜艳，
带侍女、男仆乘夜间悄悄出巡，
掀开藏身的长窗帘查看；随后，
店主和胖婆娘迎进疲惫的旅客，
让他们大把花钱，还打着手势，
让店伙计往账单上多添些数字；
还有喝产后奶的小丑，这弄臣，
这狒狒拖着长尾巴，捧着长家伙，
还有其他人等，一起组成这舞蹈。
您一声"行"，就一齐登场献艺。

**忒修斯**　　行，行，怎么都行，好先生。

**庇里托俄斯**　开演！（音乐起；舞蹈）

**乡校先生**　孩子们上场，上前踏齐步！（敲鼓为舞蹈定步）

舞队上，乡民与狱吏女儿跳起莫里斯舞

女士们，若我们曾欢天喜地，
还用个"德里"讨各位欢喜，
一个"德里"加一个"当"。[1]
我这个教书的没有出洋相。——
公爵，好小伙们都尽力，
如果说我们让您很高兴，
就请赐我们树料一两根，
用来搭起五月柱，似这样
还不等一年时光飞跑过，

---

1 "德里"（derry）与"当"（down）常见于民歌合唱曲，无实际意义。

|  |  |
|---|---|
|  | 我们会让您再开一次心。 |
| 忒修斯 | 拿二十根去吧，先生。你觉得怎样，亲爱的？ |
| 希波吕忒 | 正合我意，夫君。 |
| 爱米丽娅 | 这舞跳得太精彩了， |
|  | 开场白也是我听过最妙的。 |
| 忒修斯 | 大爷，谢谢你——快给每人打赏。 |
| 庇里托俄斯 | 这钱拿去，装点你们的五月柱。（递钱） |
| 忒修斯 | 好，继续打猎去。 |
| 乡校先生 | 愿被追的牡鹿奔跑久长， |
|  | 愿您的猎犬都迅猛强壮。 |
|  | 愿它们扑杀鹿干脆利落， |
|  | 愿女士饱享鹿的鞭条[1]。—— |

号角吹起，忒修斯及侍从下

行，我们成功了。感谢神明，

姑娘们，你们跳得精彩出众。　　　　　　　众人下

## 第六场　　/　　景同前

帕拉蒙自灌木丛中走出后上

| 帕拉蒙 | 我兄弟说好大约这时辰便返回， |
|---|---|
|  | 他会来看我，还说要随身带来 |

---

1 鹿鞭当时被认为是一种美食，亦含性暗示。——译者附注

剑甲两副。他若食言，便失了
男子汉与战士名分。分手之时，
我还以为自己在一周之内难以
恢复体力。那时候我精疲力竭，
一无所有，垂头丧气。阿赛特，谢谢你。
你的确是公正的敌手。现在我
吃饱喝足，精神抖擞，能战胜
任何危险。我若是再耽搁下去，
世人便会以为我做的决斗准备
不过是把自己像猪一般地养肥，
根本不像战士。这幸福时光
是最后的清晨：他挑剩的剑
只要不断，就用来将他刺死。这是正义。
愿爱情与幸运助我！——噢，早安。

阿赛特执铠甲与剑上

**阿赛特**　　早安，高贵的胞亲。

**帕拉蒙**　　兄弟，我给你
　　　　　　添麻烦了。

**阿赛特**　　好兄弟，这许多麻烦不过是对荣誉
　　　　　　欠的债务，也是在履行我的职责。

**帕拉蒙**　　要处处如此才好。我原想
　　　　　　认你为亲人挚友，结果却对你
　　　　　　敌友难分，我原想用拥抱
　　　　　　表示感谢，而不是用剑击。

**阿赛特**　　我看这两种举动
　　　　　　都是对高尚的报偿。

**帕拉蒙**　　我会回敬你的。

| 阿赛特 | 用公平的条件来向我挑战， |
|---|---|
| | 你对我的爱才胜过情人。别动怒， |
| | 因为你热爱着一切高尚的事物！ |
| | 我俩生来不善辞令，一旦披挂， |
| | 两人都聚神抖擞，就让愤怒 |
| | 如激流汇集胸中，汹涌迸发， |
| | 归属的争端很快会一清二楚： |
| | 这美人该归谁所有，不需要 |
| | 咒骂冷嘲，贬斥人格，不必 |
| | 撅嘴怄气，玩弄这些把戏的 |
| | 是女孩与小学生。披上甲胄， |
| | 兄弟，倘若你身体不够强健， |
| | 体力尚未恢复，我就等一等， |
| | 有空时再过来聊聊，帮助你 |
| | 恢复健康。你我仍然是朋友， |
| | 哪怕死，也真心希望没说过 |
| | 我爱她。但是我的确爱上她， |
| | 争取爱的权利，我决不逃避。 |
| 帕拉蒙 | 阿赛特，你是位英勇的敌手， |
| | 只有你的兄弟才配将你杀死。 |
| | 我已恢复，精力旺盛。挑吧。 |
| 阿赛特 | 你先挑。 |
| 帕拉蒙 | 你想各方面都强过我，还是 |
| | 想要我饶你性命？ |
| 阿赛特 | 兄弟，这么想 |
| | 可就大错特错。我是个战士， |
| | 决不会对你客气。 |

| | |
|---|---|
| **帕拉蒙** | 说得好。 |
| **阿赛特** | 做得更好。 |
| **帕拉蒙** | 好,既然我光明磊落,出于 |
| | 正义感爱着那姑娘,我一定 |
| | 好好"报答"你。 |
| | 我拿这一套。(选一套铠甲) |
| **阿赛特** | 那一套归我。(拿另一套)我先帮你穿上。 |
| **帕拉蒙** | 请吧。(阿赛特开始帮帕拉蒙穿铠甲)你告诉我, |
| | 这上好的铠甲你哪里弄来的? |
| **阿赛特** | 是公爵的。 |
| | 实话说是我偷的。夹着你了? |
| **帕拉蒙** | 没有。 |
| **阿赛特** | 不太重吗? |
| **帕拉蒙** | 我原来的那副轻一些, |
| | 但我能习惯。 |
| **阿赛特** | 那我就给你系紧点。 |
| **帕拉蒙** | 完全可以。 |
| **阿赛特** | 要不要加一件护甲? |
| **帕拉蒙** | 不用,不用。又不是骑马上。 |
| | 看来你是想骑马决斗。 |
| **阿赛特** | 我无所谓。 |
| **帕拉蒙** | 说实话我也想。兄弟,把带扣 |
| | 再拉紧些。 |
| **阿赛特** | 尽管放心。 |
| **帕拉蒙** | 给我戴头盔吧。 |
| **阿赛特** | 你不戴护臂吗? |
| **帕拉蒙** | 这样可以灵活些。 |

| 阿赛特 | 那你戴护腕吧，可这副太小，<br>用我的。 |
|---|---|
| 帕拉蒙 | 阿赛特，谢谢你。<br>我怎样？比过去差一大截吗？ |
| 阿赛特 | 实际上没差多少。爱情让你消瘦不多。 |
| 帕拉蒙 | 当心，我会一剑中的。 |
| 阿赛特 | 来吧，别手软。<br>会给你机会的。 |
| 帕拉蒙 | 来，我帮你穿上。（开始为阿赛特穿铠甲）<br>这一副铠甲很像三国王战死时<br>你穿的那副，不过这副稍轻些。 |
| 阿赛特 | 那是副好铠甲。兄弟，我记得<br>那一天你干得竟比我还要出色，<br>我从未见过有如此英勇的战士。<br>当时你猛冲向敌人的左翼，<br>我拼命夹马才赶上，而我所骑<br>还是匹好马。 |
| 帕拉蒙 | 那的确是一匹好马，<br>我记得是浅栗色的。 |
| 阿赛特 | 但还是没用，<br>你跑得更快，我追都追不上，<br>我努力效仿、以你为榜样才小有<br>斩获。 |
| 帕拉蒙 | 你凭着自己的本事功勋卓著，<br>兄弟，谦虚了。 |
| 阿赛特 | 见你先冲过去时，<br>我像是听见一声可怕的惊雷 |

从军阵中进出。

| | |
|---|---|
| 帕拉蒙 | 但没等这雷声响起<br>先闪出你英勇的电光。等等，<br>这片甲太紧了吗？ |
| 阿赛特 | 不，不，正好。 |
| 帕拉蒙 | 我不愿让其他东西伤你，除非<br>是我的剑，否则便是背叛。 |
| 阿赛特 | 全好了。 |
| 帕拉蒙 | 那就站过去。 |
| 阿赛特 | 用我的剑，它更好使。 |
| 帕拉蒙 | 谢谢，自用吧，你的命全靠它。<br>这还有一把，只要不断，我就<br>心满意足。愿理性与荣誉助我！ |
| 阿赛特 | 愿爱情助我！<br>（两人相互鞠躬，然后相向站定）<br>还有别的话要说吗？ |
| 帕拉蒙 | 就这一句：你是我姨妈的儿子，<br>我们要洒的鲜血属于我俩共有，<br>我中有你，你中有我。以此剑<br>我发誓：若决斗中你将我杀死，<br>愿众神和我将你宽宥。倘若有<br>为在荣誉中安息者准备的地方，<br>愿倒下的疲乏灵魂能够享用它。<br>兄弟，决斗吧。握你高贵的手。 |
| 阿赛特 | 握手，这只手以最真诚的友谊<br>最后一次向你伸出。 |
| 帕拉蒙 | 上帝保佑你。 |

| 阿赛特 | 我若倒下，就诅咒我是个懦夫， |
| | 只有懦夫才在公正判决中倒下。 |
| | 兄弟，再次说一声再见。 |
| 帕拉蒙 | 阿赛特，再见。 |
| | （两人决斗。幕内号角声起。两人站定） |
| 阿赛特 | 啊呀，我们太蠢，要倒大霉了。 |
| 帕拉蒙 | 怎么啦？ |
| 阿赛特 | 我对你说过，公爵此时在打猎， |
| | 一旦被发现就完了。快躲起来， |
| | 为荣誉，为安全，你赶快躲进 |
| | 那灌木丛中，兄弟。死的时间 |
| | 我们还有很多。好兄弟，若你 |
| | 被发现，会被立刻处死，因为 |
| | 你越狱；若将我供出，我也死， |
| | 因为我藐视法令。世人会嘲笑， |
| | 说我们争吵的原因虽然高尚， |
| | 处理方式却很不得当。 |
| 帕拉蒙 | 不，不，兄弟， |
| | 我再不躲躲藏藏，不愿将此事 |
| | 拖延下去，等什么第二次判决。 |
| | 我知道这是你的狡计，原因是 |
| | 你羞耻临头心中怯懦！振作点， |
| | 准备接招。 |
| 阿赛特 | 你这么做不是疯了吧？ |
| 帕拉蒙 | 再不接招我可要乘机占便宜了。 |
| | 我才不怕那要威胁我的事情， |
| | 只考虑我决斗的命运。胆小鬼， |

|   | 你明知我爱爱米丽娅，我要用决斗 |
|---|---|
|   | 葬送你和一切阻拦。 |
| **阿赛特** | 好吧，听天由命了。 |
|   | 帕拉蒙，你等着瞧，死亡对我 |
|   | 如争论与睡觉般轻松。只担心 |
|   | 法律会将我们死亡的荣誉夺去。 |
|   | 当心你的命！ |
| **帕拉蒙** | 阿赛特，当心你自己的。 |

（两人重新决斗。号角声）

忒修斯、希波吕忒、庇里托俄斯及扈从上

| **忒修斯** | 这两个恶徒逆贼，疯狂而无知， |
|---|---|
|   | 是什么人，敢不顾我法律严禁， |
|   | 学骑士的样子在这里自行拼杀， |
|   | 不经我批准，又无人监视在旁？ |
|   | 以卡斯托耳[1]的名义起誓，你们必死。 |
| **帕拉蒙** | 忒修斯，杀吧。 |
|   | 我俩的确都是叛逆，都藐视了 |
|   | 您和您的善意。我就是帕拉蒙， |
|   | 并不爱您，还从您的狱中逃出。 |
|   | 我知道该当何罪——这是阿赛特， |
|   | 您领地上最胆大的叛逆，此人 |
|   | 背信弃义，不是朋友。就是他， |
|   | 因人求情而得放逐，他藐视您， |
|   | 还藐视您的威武，他改头换面， |
|   | 冒犯您的指令，追求您的姨妹， |

1 卡斯托耳（Castor）：罗马神话中朱庇特之子。

那幸运之星，美丽的爱米丽娅。
若先看见她并向她献上灵魂的人
有权爱她，我便应当是她的仆人，
可阿赛特竟敢认为她应该归属于他。
我要他当面说，为何背信弃义，
因为我是最忠诚的情人。倘若
您真如人们所说那样伟大善良，
倘若您的确替一切受害人仲裁，
就说一句"继续决斗"，忒修斯，
等我作出您本人也嫉妒的公正判决，
然后再杀了我，我恳求您了。

庇里托俄斯　天哪！
　　　　　　这超常的品质！

忒修斯　　　我起过誓。

阿赛特　　　忒修斯，我们
　　　　　　并不请求宽宥。我赴死的决心
　　　　　　如您处死我们的判决一样坚定，
　　　　　　但请允许我对责骂我背信之人
　　　　　　说完这几句：我爱她至深到死，
　　　　　　为她我在此以生命为爱之见证。
　　　　　　对她我要真心服侍，尽善尽力，
　　　　　　为她我敢杀死阻挠我爱的兄弟。
　　　　　　若爱上别人就是叛逆，如果我
　　　　　　为这绝伦美人服役也算是叛逆，
　　　　　　就把我称作叛徒，这让我高兴。
　　　　　　您说我藐视法令，去问问为何
　　　　　　那姑娘如此美丽，她的目光令我

留下来表示爱意。若她也说我背信，

我就是恶棍，定死无葬身之地。

帕拉蒙　　忒修斯，您即使不愿表示慈悲，

也应当同情我们。既然您公正，

您高贵的耳朵就不必听我俩解释。

您无比英勇，谨记您兄弟[1]英魂，

和他凭伟力成就的十二大功绩。

公爵，让我们在同一时刻死吧，

只求您让他比我早一点点倒下，

我可以告慰灵魂：他未得到她。

忒修斯　　我答应你。说实话，你的兄弟

对我的冒犯更重十倍，因为我

给了他更多怜悯，而你的冒犯

不及他多。都不准为他俩说情，

太阳落山之前，两人都得长眠。

希波吕忒　（对爱米丽娅）唉呀，可怜可怜吧！妹妹，不然就迟了。

快说话，别让他拒绝，要不然，

世人失去了这对兄弟，而你将

永受诅咒。

爱米丽娅　亲爱的姐姐，我脸上

并无毁灭他俩的愤怒，是他俩

自己的眼睛误入歧途害了自身。

但为表明我是心存怜悯的女人，

---

1　即赫丘利。他以完成迈锡尼（Mycenae）及梯林斯（Tiryns）国王欧律斯透斯（Eurystheus）命他完成的十二项任务著名；他是忒修斯的朋友和伙伴，帕拉蒙称他俩是兄弟，但二人实际并无亲戚关系。

这双膝永不离地直到你发怜悯。

帮帮我吧，姐姐，这善良举动

让所有女人的力量与我们汇聚。——

（跪地）尊贵的姐夫——

| | |
|---|---|
| 希波吕忒 | （跪地）夫君，以婚姻之名—— |
| 爱米丽娅 | 以您无瑕的名誉—— |
| 希波吕忒 | 以您对我的忠诚， |
| | 以我们的美满婚姻与您真诚的心—— |
| 爱米丽娅 | 您希望别人也心存怜悯， |
| | 那就用您无边的善德—— |
| 希波吕忒 | 用您的勇气， |
| | 以我曾让您欢愉的圣洁夜晚—— |
| 忒修斯 | 这些恳求不着边际。 |
| 庇里托俄斯 | 好吧，我也加入。（跪地） |
| | 为我们的友情和经历的艰险， |
| | 为您所爱的战争和这美丽女子—— |
| 爱米丽娅 | 您决不会拒绝一个羞颜少女的 |
| | 请求—— |
| 希波吕忒 | 以您的眼睛与我的力量， |
| | 您曾发誓说我胜过所有的女人，也几乎胜过 |
| | 所有男人，可我还是被您收服了，忒修斯—— |
| 庇里托俄斯 | 在一切之上，以您至尊的灵魂， |
| | 它决不缺怜悯之情，先让我乞求—— |
| 希波吕忒 | 再听我祈祷—— |
| 爱米丽娅 | 最后我恳请，大人—— |
| 庇里托俄斯 | 施怜悯吧。 |
| 希波吕忒 | 施怜悯！ |

爱米丽娅　怜悯两位王子。

忒修斯　　你动摇了我的信誓。如果我
　　　　　对他们产生了同情，你会如何处置？
　　　　　（爱米丽娅、希波吕忒、庇里托俄斯起身）

爱米丽娅　留他俩性命，可以将他们放逐。

忒修斯　　妹妹，你真是女人，有慈悲心肠
　　　　　却理智不足，不知该用于何处。
　　　　　你要保全他俩的性命当想另法，
　　　　　那才比放逐更为安全。这一对
　　　　　为爱情积下深怨，能不为此事
　　　　　杀得个你死我活？他们会每日
　　　　　为你决斗，会时时为你的荣誉
　　　　　用刀剑当众争执。你别犯傻了，
　　　　　别理他们，此事关系你的声誉，
　　　　　也与我誓言相关。我已下令他俩必死，
　　　　　就让他们死于律法，免得他们互相残杀。
　　　　　不要污损了我的荣誉。

爱米丽娅　啊，尊贵的姐夫，
　　　　　您的誓言于匆忙与愤怒中发出，
　　　　　您的理智不会去坚持。若将它
　　　　　当作深思的意愿，世界将灭亡。
　　　　　另外，我记得您还有一句誓言，
　　　　　它更具权威，也含有更多的爱，
　　　　　并非冲动，而出于慎重的思考。

忒修斯　　什么誓言，姨妹？

庇里托俄斯　快说说，勇敢的姑娘。

爱米丽娅　您说过您永不会拒绝我的请求，

只要合我身份，您会随时应允。
现在我要您履行诺言，若拒绝，
肯定会极大地污损您的荣誉——
我求您，姐夫，除了您的同情
别的我一概不听。若他俩死去，
就毁了我的名誉，败坏我名声。
难道说谁爱我就得为爱我而死？
太残忍了。新枝上花开千万朵，
就因它们或许会朽枯，难道得
把它们都剪去？忒修斯公爵啊，
您若誓言不改，两位母亲将为
他俩痛苦呻吟，爱他俩的姑娘
将诅咒我和我的美貌，都会为
两兄弟唱起挽歌，她们会鄙视
我的残忍，呼唤痛苦降临我身，
让所有女人来嘲弄我。请看在
上天分上，别杀他们，放逐吧。

**忒修斯** 有什么条件？

**爱米丽娅** 让他们起誓，永远
不为我争斗，永不再把我记起，
永不踏进您的领地，无论哪里
两人此生再不相见，永远形同
陌路之人。

**帕拉蒙** 我宁肯碎尸万片
也不发此誓言。要我忘了爱她？
让天上众神蔑视我吧。对放逐
我并不讨厌，我们可用剑公平

了断，否则不必多言，公爵您
杀了我。我非爱不可，一定要爱，
为了这份爱我不怕杀了我的兄弟，
无论他在哪里。

**忒修斯**　　阿赛特，你是否
接受条件？

**帕拉蒙**　　那他就是个恶棍！

**庇里托俄斯**　真是大丈夫！

**阿赛特**　　不，决不，公爵。如此作践生命
比乞求苟活还糟。尽管我想到
会永远得不到她，我仍要保住
爱情的荣誉，仍然要为她而死，
哪怕死亡是一个恶魔。

**忒修斯**　　该怎么办？现在我真的同情他们了。

**庇里托俄斯**　别让这同情消失，大人。

**忒修斯**　　爱米丽娅，告诉我，
若两人中有一人必死，你是否
愿意接受另一位成为你的丈夫？
他俩无法都拥有你。两位王子，
与你眼珠一样珍贵，人品高尚
超出常人的赞扬。看看他们吧，
你若能爱一个，就了结了争执。
我答应了。两位王子，你们呢？

**两兄弟**　　衷心同意。

**忒修斯**　　那么，遭拒绝的那位
必死无疑。

**两兄弟**　　公爵，我们听凭您处置。

| 帕拉蒙 | 即使她不提我名字，我仍受宠，<br>未出生的情人将为我骨灰祝福。 |
|---|---|
| 阿赛特 | 她若拒绝我，坟墓会将我娶去，<br>让战士为我唱墓志铭。 |
| 忒修斯 | （对爱米丽娅）那就选吧。 |
| 爱米丽娅 | 哥哥，我无法挑。两人都优秀，<br>我看不出他们之间有一丝差别。 |
| 希波吕忒 | 那他们怎么办？ |
| 忒修斯 | 那我就这样下令：<br>以我荣誉起誓，你俩定要遵守，<br>不然两人俱死。你们一起回国，<br>一个月内各寻到三名精壮骑士，<br>然后由他们陪伴着再回到这里，<br>我在此建一金字塔亭，让你们<br>当众正大光明地比拼武士勇力，<br>谁能将对方推触到塔亭的柱子，<br>就得到爱米丽娅，输的便斩首，<br>连同他的朋友。死时不得抱怨，<br>说自己还对这位姑娘拥有权利。<br>是否合意？ |
| 帕拉蒙 | 很好。阿赛特，来呀，（向阿赛特伸出手去）<br>做回朋友，直到决斗的那一天。 |
| 阿赛特 | 拥抱你。（拥抱帕拉蒙） |
| 忒修斯 | 姨妹，你满意了吧？ |
| 爱米丽娅 | 好吧，只能如此。<br>不然两人都得死去。 |
| 忒修斯 | 来，再握握手。 |

　　　　　　　请记住自己的身份，不到期限
　　　　　　　不能重挑争论，不要背弃诺言。
**帕拉蒙**　　忒修斯，我们岂敢对您失信。
**忒修斯**　　来，
　　　　　　　我要按王子和朋友礼仪来招待。
　　　　　　　回来时，我将为胜者安排欢庆，
　　　　　　　还要在失败者棺柩前洒泪伤情。　　　　　　众人下

# 第四幕

## 第一场 / 第十二景

雅典监狱内

狱吏与其友人上

**狱吏**　　　还听说什么？帕拉蒙逃跑的事，
　　　　　　你听见别人在怎样说我？
　　　　　　好先生，想想吧。

**友人甲**　　我没听说别的。
　　　　　　因为我动身前来之时，那桩事
　　　　　　还没有完全了结。不过临走时
　　　　　　我感到，帕拉蒙和阿赛特可能
　　　　　　已获得了宽恕，因为希波吕忒
　　　　　　和秀目姑娘爱米丽，双双跪下，
　　　　　　以怜悯之心苦苦相求，依我看，
　　　　　　公爵正犹豫不决，是执行自己
　　　　　　匆促的誓言还是顺从两位女士
　　　　　　温柔的情感。为支持她们两人，
　　　　　　高尚的庇里托俄斯也加入进来，
　　　　　　他可是占据着忒修斯一半的心。
　　　　　　我希望一切如愿。没有人问起
　　　　　　你的名字，或追究谁放他越狱。

友人乙上

**狱吏**　　　老天保佑。

| 友人乙 | 朋友放心吧。我给你带来了消息，<br>是好消息。 |
| 狱吏 | 太好了。 |
| 友人乙 | 帕拉蒙为你开脱，<br>又为你求得赦免。他说明是谁<br>帮助他逃脱，那就是你的女儿，<br>也为她求得了宽恕。这个囚徒<br>不做负恩之人，为报答她善心，<br>给了她一大笔钱用作嫁妆，听着，<br>那可是一大笔钱。 |
| 狱吏 | 你真是个好人，<br>总给我带来好消息。 |
| 友人甲 | 最后怎样了？ |
| 友人乙 | 结局理所当然。两女士但开口<br>求情，哪有不准。请求获准啦，<br>两囚犯可免一死。 |
| 友人甲 | 我知道会这样。 |
| 友人乙 | 但另附了条件。有机会再慢慢<br>告诉你们。 |
| 狱吏 | 愿是好条件。 |
| 友人乙 | 不辱了他们的名誉，<br>但结果如何可不得而知。 |

求婚者上

| 友人甲 | 走着瞧吧。 |
| 求婚者 | 哎呀，大爷，您女儿在哪里？ |
| 狱吏 | 问她干吗？ |
| 求婚者 | 哦，大爷，您什么时候见的？ |

| | |
|---|---|
| 友人乙 | 看他焦急的样子！ |
| 狱吏 | 今天早上。 |
| 求婚者 | 她好吗？身体健康吗？ |
| | 大爷，她什么时候睡的觉？ |
| 友人甲 | 问得蹊跷。 |
| 狱吏 | 我觉得她不太好，现在你让我 |
| | 想起来了。就今天 |
| | 我问她几句，她回答时的模样 |
| | 与往常不同，像一个固执小孩， |
| | 傻里傻气，神态也活像个呆子， |
| | 心窍未开。我当时十分生气。 |
| | 她怎么了？ |
| 求婚者 | 没事，只是我可怜她。 |
| | 反正您迟早都会知道，是我说 |
| | 还是不那么爱她的人说都一样。 |
| 狱吏 | 怎么了？ |
| 友人甲 | 不对劲？ |
| 友人乙 | 不舒服？ |
| 求婚者 | 是啊，不妙。实话实说，她疯了。 |
| 友人甲 | 这绝不可能！ |
| 求婚者 | 你看了就知道了。 |
| 狱吏 | 我倒是有一点相信 |
| | 你对我说的事，愿神给她安慰！ |
| | 也许是因她对帕拉蒙爱得太深， |
| | 或担心我为帕拉蒙越狱而受刑。 |
| | 也许两者都是。 |
| 求婚者 | 很可能。 |

狱吏　　　　可你为何如此匆忙?

求婚者　　　我三言两语说来。我正在钓鱼,
　　　　　　坐在王宫后面的那个大湖边上,
　　　　　　正耐心等着鱼儿上钩,忽听见
　　　　　　对面芦苇丛生、茅草密密的湖岸
　　　　　　传来一阵尖细的声音。我侧耳
　　　　　　使劲听去,明明白白地能听出
　　　　　　有人在唱歌。那歌声十分柔嫩,
　　　　　　准是孩子或姑娘。我插下鱼竿
　　　　　　让它自行钩钓,循声走去,却
　　　　　　不见歌唱人,密密的芦苇蒲草
　　　　　　把四周严严遮挡。我趴下身子,
　　　　　　再仔细听她所唱的歌词。这时,
　　　　　　透过渔人砍出的小径,我看见
　　　　　　是您的女儿。

狱吏　　　　少爷,请说下去。

求婚者　　　她唱啊唱却没有意思,只听她
　　　　　　不断地重复:"帕拉蒙一去不返,
　　　　　　他去那树林子里采桑葚,
　　　　　　明天一早我定要找到他。"

友人甲　　　多可爱的姑娘!

求婚者　　　"手铐会使他暴露,他会被逮住,
　　　　　　我怎么办?我要去找一大群姑娘,
　　　　　　一百个像我一样爱他的黑眼姑娘,
　　　　　　头上都戴起黄水仙编成的花环,
　　　　　　樱红的嘴唇,玫瑰色的脸晕,
　　　　　　我们要在公爵面前跳个怪舞,

求他宽恕！"大爷，然后她说起您。
她说您明天一早准要掉脑袋，
又说她要去采鲜花为您送葬，
把坟头收拾得整洁漂亮，然后她唱起
"杨柳，杨柳，杨柳"，还夹着
"帕拉蒙，多么英俊的帕拉蒙！"
"勇敢的小伙帕拉蒙"。她坐的
地方草深过膝。她发辫散乱，
头戴蒲草花环，身旁的水边
树草中开满千百种五彩小花，
我觉得她像美丽的林中仙子，
用清水灌注着池塘，或者像
彩虹女神从天降。她用蒲草
编成戒指，对蒲草戒指说着
动听的铭语："我们之爱系于此，
戒指可失我情不移"，以及许多
类似的词句。然后她就哭泣，边唱边叹，
叹完了又笑，还吻自己的手。

**友人乙**　天哪，这太可怜了！

**求婚者**　我朝她走去，
她一见就跳进湖去，我救起她，
让她安躺在岸边，但是她却
拔腿就跑，朝城里的方向奔去，
边跑边喊，真的，她速度极快，
把我远远抛在了后面。我看见
三四个人将她拦下，其中一个
我认识是你的兄弟。她被拦住，

倒地跑不动了，我让他们陪她，

狱吏兄弟、狱吏女儿及其他人上

自己先跑来告诉您。他们来了。

| | |
|---|---|
| **狱吏女儿** | （唱） |
| | "愿你永不能享受这份光明……" |
| | 这歌难道不好听？ |
| **狱吏兄弟** | 好听，很好听。 |
| **狱吏女儿** | 我还能唱二十首哪。 |
| **狱吏兄弟** | 你当然能唱。 |
| **狱吏女儿** | 我就是能嘛。我会唱《扫帚歌》， |
| | 会唱《好罗宾》。你不是裁缝吗？ |
| **狱吏兄弟** | 是呀。 |
| **狱吏女儿** | 我的婚纱在哪里？ |
| **狱吏兄弟** | 明天带来。 |
| **狱吏女儿** | 早点带来，免得我等不及出门 |
| | 去找女伴，去送钱给行吟诗人， |
| | 鸡叫天亮我定要失去处女童贞， |
| | 不然它以后再不会开心。 |
| | （唱） |
| | "啊，美丽的，啊，亲爱的……" |
| **狱吏兄弟** | 你可得有点耐心。 |
| **狱吏** | 是得有耐心。 |
| **狱吏女儿** | 晚上好，各位。你们可曾听说 |
| | 年轻的帕拉蒙？ |
| **狱吏** | 听说过，好姑娘，我们认识他。 |
| **狱吏女儿** | 他难道不是个英俊青年？ |
| **狱吏** | 正是，我的爱。 |

| | |
|---|---|
| **狱吏兄弟** | 千万别和她作对，免得她心绪<br>更糟糕。 |
| **友人甲** | 不错，他的确是英俊的男子汉。 |
| **狱吏女儿** | 哦，是吗？你有个妹妹吧？ |
| **友人甲** | 有啊。 |
| **狱吏女儿** | 你去对她说，千万别想嫁给他。<br>因为我有妙计：你最好看住她，<br>否则她看见他一次就会跑过去，<br>立刻倒霉，马上完蛋。镇上的<br>姑娘都爱他，可我瞧不起她们，<br>不理她们。我是不是很聪明？ |
| **友人甲** | 是的。 |
| **狱吏女儿** | 少说两百个姑娘跟他生了孩子，<br>准有四百，可我紧紧守住自己，<br>像蚌壳紧闭。怀上的准生男孩，<br>他有点窍门；孩子长到十岁大，<br>全都得阉割，然后去当音乐师，<br>去歌唱忒修斯的战争。 |
| **友人乙** | 这可怪了。 |
| **狱吏兄弟** | 不管她说什么，别回嘴。 |
| **友人甲** | 别回嘴。 |
| **狱吏女儿** | 她们从全国各地来到他身边，<br>我肯定他昨晚得有二十多人<br>要对付。假如他身体够强壮，<br>两钟头就能把所有的都干完。 |
| **狱吏** | 她神志不清，<br>没救了。 |

| | |
|---|---|
| **狱吏兄弟** | 伙计，你怎这么说她！ |
| **狱吏女儿** | （对狱吏）过来，你是聪明人。 |
| **友人甲** | （旁白）她认识他吗？ |
| **友人乙** | （旁白）认不出。 |
| | 要认得就好了。 |
| **狱吏女儿** | 你是船长？ |
| **狱吏** | 是。 |
| **狱吏女儿** | 罗盘在哪里？ |
| **狱吏** | 在这里。 |
| **狱吏女儿** | 让它指北方， |
| | 航向定准树林。帕拉蒙在那里 |
| | 盼我去呢。装帆拉索的事 |
| | 让我一人来。起锚，使劲。 |
| | 噢呜！噢呜！起锚，风正好， |
| | 收紧帆绳， |
| | 拉开主帆！船长，哨子在哪里？ |
| **狱吏兄弟** | 把她弄进屋去吧。 |
| **狱吏** | 上瞭望台去，孩子们！ |
| **狱吏兄弟** | 领航的在哪里？ |
| **友人甲** | 在这里。 |
| **狱吏女儿** | 你看见什么啦？ |
| **友人乙** | 一片好树林。 |
| **狱吏女儿** | 朝那里开，船长，抢风调向。 |
| | （唱） |
| | 辛西娅[1] 用借来的亮光…… |

众人下

---

1 辛西娅（Cynthia）：罗马神话中的月亮女神。

# 第二场 / 第十三景

雅典忒修斯宫廷

爱米丽娅持两幅画像上

**爱米丽娅**　　　我仍可扎住伤口，免得破裂后

因为流血而死。要让我选一个

以了结争端！这两位英俊青年

决不该为我倒下，不能让母亲

在儿子冰冷的尸灰旁，流着泪

诅咒我如此残忍。（看一幅画像）上天啊，

阿赛特面容俊美！天然的睿智，

优秀的天资，高贵躯体出生时

植入了所有美貌。可即使如此，

她若成凡人之女，虽内心怀有

少女谦卑的拒绝，她也一定会

为这男子发疯。瞧这年轻王子，

甜蜜的双眼闪跳着火样的星光！

爱恋就在那双眼睛里微含笑意；

正如同令人心荡的伽尼墨得，

令天神乔武恋欲如火，迫使他一把

抢过这美童置于身边，变成了

灿烂星云。[1] 再瞧他那两道眉毛，

---

1　古典神话中，伽尼墨得（Ganymede）是一俊美少年，被天神乔武（Jove）从人间掳走为其
　侍酒，最后成了天上的宝瓶座（Aquarius）。

满含英气，弯拱似朱诺的秀眉，
但却比朱诺的秀眉更加美丽，
也比珀罗普斯的双肩更为柔滑！ ¹
英名与荣誉就像在直插云天的
悬崖上振翅翻飞，对下界高唱，
唱出众神和近乎神明的人们那
爱欲与争战。（看另一幅画像）帕拉蒙与他相比
只是杆镝枪，一个呆板的影子，
矮钝细瘦，眼神沉重，就好像
刚失去了母亲。脾气慢慢吞吞，
心中没有激情，举动毫不干脆。
阿赛特轻快的微笑他一点没有。
不过，这缺点对他也许正合适：
那喀索斯这忧郁男孩也是位神。
谁能料女人的爱憎朝哪里倾斜？
我真是傻子，失去了论理本事，
无法挑选，尽说谎话显得无知。
女人都得来揍我。我现在下跪
请求你原谅：帕拉蒙，只有你
才如此的俊美。瞧你这双眼睛，
是美的明亮灯盏，它们让人爱
也饱含爱意，是姑娘谁能抗拒？
英武男子汉棕色的脸上，透着
多大的吸引力，真诱人！爱啊，

---

1 古典神话中，坦塔罗斯（Tantalus）杀其子珀罗普斯（Pelops），将后者作为给诸神的献祭，诸神使其子复生，但一肩已被吃去，遂用象牙雕一肩补之。

这面色才如我意。一边去吧，阿赛特，
（把阿赛特的画像丢到一边）
和他比你只是调包的劣种，吉卜赛小子，
这才是高贵的身躯。我昏了头，
掉了魂，丢了处女终身的誓言。
刚才，我姐夫若是问我更爱谁，
我会说我爱阿赛特爱得要发疯；
现在若姐姐问，我更爱帕拉蒙。
两幅画像并排放，再问我，姐夫，
天哪，我不知道；问吧，好姐姐，
只能看看再说。我的心是顽童，
面对着两件同样美妙的好玩具，
就无从选择，偏希望两件都有！

一绅士上

怎么啦，先生？

**绅士**　　　　小姐，您的姐夫、尊贵的公爵
派我向您禀告，骑士都到了。

**爱米丽娅**　　来了结争端？

**绅士**　　　　正是。

**爱米丽娅**　　不如先让我了结！——
贞洁的狄安娜，我造下什么罪，
您非要让我那纯净的青春染上
王子的鲜血？您要把我的贞操
当作祭坛，让爱我的人用生命——
让这世间无比、令母亲自豪的
两位高贵恋人——在此作为牺牲，
换取我不幸的美丽？

忒修斯、希波吕忒、庇里托俄斯及众侍从上

**忒修斯**　　　带他们进来。

　　　　　　　请快一点。我正盼着要见他们。

　　　　　　　两位争执不下的恋人回到此地，

　　　　　　　带着各自的英俊骑士。美丽的姨妹，

　　　　　　　你必须爱上一人。

**爱米丽娅**　　若两个都能爱上，

　　　　　　　就不会有人为我夭折。

一信差上

**忒修斯**　　　谁见过他们？

**庇里托俄斯**　刚才我见了。

**绅士**　　　　我也见了。

**忒修斯**　　　（对信差）你从哪里来？

**信差**　　　　从骑士那里来。

**忒修斯**　　　那就说吧，

　　　　　　　你见过他们，说说他们的模样。

**信差**　　　　遵命，大人。

　　　　　　　说句真心话，一眼看去，他们

　　　　　　　带来的六位骑士，我从未见过

　　　　　　　比他们更勇武的，书中也没有记载。

　　　　　　　阿赛特身边的第一个，外表看

　　　　　　　是勇敢之士，看脸相更像王子，

　　　　　　　其神形已充分表明。他的皮肤

　　　　　　　近棕色而不显黑，冷峻而高贵，

　　　　　　　他英勇无畏，不辞赴汤蹈火。

　　　　　　　他眼睛里闪映出心中的烈焰，

　　　　　　　外形更好似一头暴烈的狮子；

一头黑亮的长发披在他脑后，
如黑鸦的双翅，两肩宽厚有力，
胳臂长而粗壮。腰挂着宝剑，
腰带华丽美观。他一皱眉头
要用剑实现意愿，我的天哪，
简直是天底下最勇武的战士。

**忒修斯** 你描绘得很好。

**庇里托俄斯** 可依我看，他比
帕拉蒙的第一骑士还差很远。

**忒修斯** 朋友，你说说他。

**庇里托俄斯** 我看他也是位王子。
也许地位更高。从他的外表看，
他具有高贵者的一切打扮，也比
信差所说的那位骑士个子稍高，
但相貌却更为俊美，面色红润
如葡萄成熟。这场决斗的缘由
他全都知晓，因此更乐意将它
看作自己的事情。他脸上露出
对自己的事业所怀的美好希望，
发怒时他脸上透出决断的勇气，
却毫无暴戾之迹，全身的勇气
鼓舞他建立功绩。他不识惧怕，
从没有畏缩气质。他一头金发，
硬而卷曲，如厚厚常春藤缠绕，
雷击都无法将它解开。他脸上

　　　　　　　显出好战姑娘 <sup>1</sup> 的标志，
　　　　　　　红里透白，面颊上从未长胡须，
　　　　　　　一双闪动的眼睛中端坐着胜利，
　　　　　　　似乎女神会永远支持他的勇气。
　　　　　　　他鼻梁高耸，这是荣誉的象征，
　　　　　　　他双唇樱红，最适宜姑娘亲吻。
**爱米丽娅**　　这样的人也得死吗？
**庇里托俄斯**　他开口说话时
　　　　　　　嗓音亮若小号，他浑身的线条
　　　　　　　强壮而明晰，众人却求而难得。
　　　　　　　他身背着好铁铸就的金柄战斧，
　　　　　　　年纪约二十有五。
**信差**　　　还有一位骑士
　　　　　　　个子稍矮，但孔武有力，似乎
　　　　　　　与别人一样了不起，我从未见
　　　　　　　比他更有前程的人。
**庇里托俄斯**　哦，那个脸上有雀斑的？
**信差**　　　大人，正是。
　　　　　　　难道它们不可爱？
**庇里托俄斯**　的确挺好。
**信差**　　　我觉得，
　　　　　　　雀斑不多，位置得当，彰显出
　　　　　　　自然的神妙技艺。他一头浅发，
　　　　　　　无女性柔弱，反充满男子气度，
　　　　　　　与金棕色相差无几。他彪悍灵巧，

---

1　好战姑娘（the warlike maid）：指女战神白龙娜。

> 说明具备活跃气质，他双臂粗壮，
> 健壮的筋肉在接近肩头的地方
> 渐渐地隆起，似女人刚刚受孕，
> 说明他胜任苦劳，不会披战甲
> 昏倒在地。他站定时心神强健，
> 行动时却如猛虎；灰色的双眼
> 透出征服的激情，凡有利时机
> 他一眼看准，一见这样的机会
> 立刻占为己有；他从不犯过失，
> 也不受冤屈；一张圆脸微笑时
> 甜蜜如恋人，皱眉时又如斗士。
> 他头戴胜利者独有的橡树叶环，
> 还插着姑娘们赠送的爱情表记；
> 他年纪三十有六，手中高擎着
> 镶银的尖枪。

**忒修斯**　　他们人人如此吗？

**庇里托俄斯**　都是名门之后。

**忒修斯**　　以灵魂起誓，我真想见见他们。
　　　　　　（对希波吕忒）夫人，有男人格斗可看了。

**希波吕忒**　夫君，我是想看，
　　　　　　但希望不是为此原因。若他们
　　　　　　为王国而战，会显得更加英勇。
　　　　　　真可惜，爱情竟变得如此暴烈。
　　　　　　唉，我软心肠的妹妹，你说呢？
　　　　　　他们流血时你再哭吧，没办法。

**忒修斯**　　是你的美貌让他们心肠如铁。
　　　　　　（对庇里托俄斯）尊敬的朋友，请您负责安排，別贬低了竞技场上勇士的身份。

**庇里托俄斯**　遵命，殿下。

**忒修斯**　走，去看看他们，我等不及了。
亲眼所见方能安抚焦急的心情。
朋友，排场要堂皇。

**庇里托俄斯**　一定不少半点气派。

**爱米丽娅**　可怜的姑娘，哭吧，谁得胜利，
都会因你的罪过失去另一位兄弟。　　　　　众人下


## 第三场　/　第十四景


监狱

狱吏、求婚者、医生上

**医生**　她神志迷乱的程度随着月亮的变化而变化，是吗？

**狱吏**　她的情绪一直很坏，但不伤害别人，她几乎不睡觉，一点
没胃口，只是常喝水，老是梦着另一个世界，更好的世界。
不管提起什么琐碎的事情，总提帕拉蒙的名字，她拿所有
的事开玩笑，什么事儿都有帕拉蒙。

狱吏女儿上

瞧，她来了。你可以看看她的一举一动。

**狱吏女儿**　我差不多快忘记了，那几句收尾词是"往下，往下"，是爱
米丽娅的老师叫杰拉尔多的家伙写的。这家伙幻想多极了，
因为在另一世界里，狄多女王见了帕拉蒙就不会再爱埃涅

阿斯了。[1]

| | |
|---|---|
| 医生 | 说些什么呀！可怜的人。 |
| 狱吏 | 她整天就这样。 |
| 狱吏女儿 | 再来说说我告诉你的这个法术。你必须含一个银币在嘴里，不然就不渡你过那条河。[2] 假如你有幸来到有福精灵住的地方——可好看了！我们这些叫爱情碾碎了肝的姑娘，这些肝都坏死了的姑娘，就去那里，整天没事，只同冥后普洛塞耳庇娜一起采花。我要给帕拉蒙送一束小花，让他注意我，然后—— |
| 医生 | 听她疯想得多可爱！再观察一会儿。 |
| 狱吏女儿 | 说真的，听着。有时候，我们这些幸运的人在一起玩"打大麦，下地狱"。天哪，那边人们日子可真苦——挨火烧，被油炸，遭水煮，这边嘶那边嚎，嚼舌头，乱诅咒——当心点，那边刑罚可厉害了！谁要是疯了，自己上吊投河，就得去那里——朱庇特保佑——被扔进大锅去，锅里熬着铅水和放高利贷者的油，还煮着成千上万的偷包贼，都在那里煮呀煮，就像在煮一刀腊肉，总是煮不透。 |
| 医生 | 瞧她脑瓜里胡编什么！ |
| 狱吏女儿 | 让姑娘们怀上孩子的王公大臣们也在那边，让他们站火里，火烧肚脐，站在冰里，冰冻心脏。把那些害人东西烧焦，让那些害人东西冻僵。说实话这处罚很厉害，有人会想， |

---

1 因为……埃涅阿斯了（for in the next world will Dido see Palamon, and then will she be out of love with Aeneas）：据维吉尔（Virgil）的《埃涅阿斯纪》（*Aeneid*）记述，迦太基女王狄多（Dido）爱上了特洛伊英雄埃涅阿斯（Aeneas），后被埃涅阿斯抛弃，自焚而死。

2 你必须……那条河（you must bring a piece of silver on the tip of your tongue, or no ferry.）：古典神话中，死者亡魂须付冥河艄公喀戎（Charon）一枚银币，作为后者把他们渡到冥界的船资。

不就犯了这么点小错。请相信我，人们宁娶患麻风的老巫婆，也不愿受这样的刑罚，你们看好了。

**医生**　瞧，她还在继续胡想！这不是那种内心发出的疯狂，而是极重极深的抑郁。

**狱吏女儿**　来听听一个高傲的贵妇和一个高傲的城里女人一起嚎吧。要让我说好玩，那我真是头野兽了。一个喊："熏死了！"一个叫："烧死了！"一个高喊："悔不该躲墙帘后面干那事！"然后又叫，另一个大骂求婚人和那间花园小屋。

（唱）我要真心。我的星座，我的命……

下

**狱吏**　医生，您看怎样？

**医生**　我看她心绪迷乱，
这我没法治。

**狱吏**　哎呀，那怎么办？

**医生**　你可知道她在爱上帕拉蒙之前有没有爱上别的男人？

**狱吏**　医生，我曾经十分希望她能一直喜欢这位先生，我的朋友。

**求婚者**　我也这么想过。我想过，要把我的一半财产分给她，原来以为这样做，她现在就能和我在钱财方面真正平起平坐了。

**医生**　她的眼睛过度盯视一样东西，这就影响了其他感官的功能。当然，它们有可能恢复正常，并发挥既定功能，但它们目前正处于极端的偏离状态。你必须这么做：把她关在一个地方，那里的光线只能漏进一点点。你，年轻的先生，就顶着帕拉蒙的名字，说你来跟她一起吃饭，来和她谈情说爱。这会引起她的注意，因为她一心就想这样。现在她眼睛看什么，心里想什么，都会插进一些东西，这些东西会让她做出怪诞任性的举动。你就给她唱些年轻人爱唱的情歌，就是她说的帕拉蒙在狱中所唱的那些歌，去看她的时候，插上一些当季的鲜花，再抹上些混合香水，让她闻起来感觉愉快。这些都是帕拉蒙会去做的，因为帕拉蒙会唱，帕拉蒙待人十分亲切，他十全十美。所以，你就说要和她一起吃饭，为她切肉，为她祝酒，还要说出你的请求，请她施你恩惠，接受你。去问问谁是她的女友和伙伴，让她们当面多提提她与帕拉蒙，再带点小礼物，就说是她们建议帕拉蒙带给她的。她现在心绪迷幻，只能用幻象来对症下药。这么做能使她开口吃，好好睡，让现在出了格的东西重新回到原来状态中去。我从前这么做过，做过很多次了，但我看这次还能成功，很有希望。在治疗过程中我还会来，提些建议方法。咱们说干就干，这样可以尽早出结果。这么做，一定能给大家带来安慰。　　　　　　众人下

# 第五幕

## 第一场 / 第十五景

雅典附近森林，玛尔斯、维纳斯及雅典娜神庙外
喇叭奏花腔。忒修斯、庇里托俄斯、希波吕忒及众侍从上

**忒修斯** 好，让他们进来。在众神面前
陈述他们的祈愿。让众神庙宇
圣火通明，让馨烟缭绕的祭坛
将他们献上的缭绕圣烟供奉给
我们头上的众神。别缺了礼仪。

（号筒声起）

他们要从事的是一桩高贵事业，
须向保护神献上敬意。

帕拉蒙与阿赛特及二人麾下骑士上

**庇里托俄斯** 大人，他们来了。

**忒修斯** 两位英勇坚定的敌手，是王亲，
血脉相连，却成了对头，今来此
用愤怒来吹灭你们热烈的亲近。
请暂收起你们的怒气，鸽子般
臣服于你们各自援助者的圣坛前，
向可怕的神明屈下顽强的身体。
你们怒火非凡，将获非凡之助。
让众神监督吧，斗得正大光明。
我让你们自己祈祷，还要送上

|  | 我同等的祝愿。 |  |
|---|---|---|
| **庇里托俄斯** | 荣誉归应得之人！ | 忒修斯及扈从下 |
| **帕拉蒙** | （对阿赛特）沙漏中时光在流逝，一直流到 |  |

我们中一人死去。你只要想想，
如果我身上有哪个部位就此事
要与我作对，哪怕是两眼互斗，
哪怕两条胳膊相互打压，兄弟，
我都会将其中一方毁掉！会的，
尽管是我的一部分。照此推想，
我将会如何对你。

**阿赛特**　　　　我正努力把你

清除出记忆：名字，昔日友爱，
还有我们的血脉，在原地放上
我想要毁掉的东西。就让我们
扯起篷帆，向上天的立限者们
规定的地方驶去。

**帕拉蒙**　　　　你说得好极了。

转身之前，让我拥抱你，兄弟。
（拥抱对方）我将永不再这样做。

**阿赛特**　　一句再见。

**帕拉蒙**　　好吧，兄弟，那就再见。　　　　帕拉蒙及其骑士下

**阿赛特**　　再见，兄弟——

骑士们，亲人们，我所爱之人，
你们为我牺牲，真诚崇拜战神，
他的精神使你们抛却恐惧之心，

也不再害怕恐惧之父 [1]。请与我
一同到我们所尊崇的神坛面前，
在那里向神明求得狮子的雄心，
求得猛虎的耐力、凶猛与速度，
我是指向前猛冲，退却则慢如
蜗牛。你们都清楚，我的奖励
需取自血泊，只有凭高强武艺
方能将花环戴上头顶，再系上
万花女王。如此，我们的祈求
必须向此神发出，他能使营帐
成为浸染鲜血的水池。请助我，
全心全意向他拜倒。(扑倒在神坛前，众人跪地)——
无比强大的神啊，您的威力曾将
绿色的大海染成红紫，您的行踪
由彗星预测，您对大地的浩劫
由出土的头骨表明，您的气息
能吹倒丰产之神刻瑞斯 [2] 富足的收获，
您勇武的手臂能从蓝色云端将石塔
拉下地面，这石砌炮塔能护卫
或轰毁城市。我是您学生，是
随您战鼓行进的小兵，请明示
教我以军人技艺，使我能为您
唱起赞歌，高举战旗，依靠您
获当日的胜利。伟大的战神啊，

---

1 恐惧之父（the seeds of fear）：喻指死神。——译者附注
2 刻瑞斯（Ceres）：罗马神话中的谷物与果实女神。

　　　　　　　加恩惠于我吧。

又如前扑倒在地。铠甲铿锵，一短促雷声，似战斗开始。众人齐起身向神坛
鞠躬

　　　　　　　伟大的神，您纠正混乱的时代，
　　　　　　　震撼腐败的国度，同时决定着
　　　　　　　人们自古的权利。大地病痛时，
　　　　　　　您放血救治，治好世界所患的
　　　　　　　人口过多之病。我认为此预示
　　　　　　　十分吉利。以您的名义。
　　　　　　　大胆实行我们的计划。我们走。　　　　　　众人下

帕拉蒙及其骑士上；礼仪如前

**帕拉蒙**　　我们的星座将迸出新的火焰光芒，
　　　　　　　不然就熄灭吧。我们为爱争执，
　　　　　　　若爱之女神允许，会赐给我们
　　　　　　　胜利。因此，请随我一起弯腰。
　　　　　　　你们品质高贵，自愿为我的事
　　　　　　　承担个人风险。向女神维纳斯
　　　　　　　进行我们的仪式，将她的神力
　　　　　　　植入我们体内。——
　　　　　　　（众人跪地如前）
　　　　　　　致敬！神圣的守密女王！¹ 您能
　　　　　　　将凶悍的暴君从盛怒之中唤醒，
　　　　　　　使他如女孩般哭泣；您的神力
　　　　　　　区区一瞥就能扼住战神的大鼓，
　　　　　　　变战号为低吟；您能使跛足人

---

1　致敬！神圣的守密女王（Hail，sovereign queen of secrets）：宫廷恋爱的原则之一为不事张扬。

舞起拐杖，能赶在阿波罗之前
将他治愈；您能使国王对臣民
俯首，也能劝使古板严肃的人
翩然起舞。秃顶单身汉年轻时
像篝火边浪子跳过了您的火焰，
到他七十岁，您仍能让他扯嗓子
任人嘲笑他粗哑的声音，唱起
年轻人的情歌。对哪一位神祇
您没有威力？对福玻斯，您的
火焰比他更为炽热，他的天火
只烧坏自己的凡子，[1] 您灼伤的
是他本人，湿淋淋的贞洁猎神 [2]
也丢下弯弓连连叹息。赐给我
恩典吧，我是您战士，把您的
轭轴 [3] 当玫瑰花环，虽然这重负
比铅块还重，比荨麻更加扎人。
对您的律法我从未敢口吐狂言，
从不泄人隐私，因为我一无所知，
知道了也不会泄露。我从未
调戏他人妻子，控诉状 [4] 里不会

---

1　自己的凡子（his mortal son）：指福玻斯之子法厄同（Phaethon），后者驾其父太阳车失去控制，使地球面临被焚毁的危险，宙斯（Zeus）出手干预，用雷电轰击使法厄同跌下太阳车，掉进河里。

2　湿淋淋的贞洁猎神（the huntress/All moist and cold）：狩猎女神狄安娜常出没于林间溪畔，故云"湿"。

3　轭轴（yoke）：比喻太阳马车的重负。——译者附注

4　控诉状（the libels）：指末日审判时的"罪行录"。——译者附注

说我有放浪言行。盛大宴会上
从不传美人秘事，无聊的绅士
这么做，我见了会脸红。对于
自夸风流的人我很严厉，严责
他们可有母亲。我有母亲，是女人，
他们伤害的正是女人。我告诉他们，
我认识一八十岁老翁，娶了个
年方十四的少女，需您的强力
将生命注入这尘土。这老家伙，
由于风湿直腿早已扭成了弯棍，
骨髓里的痛风使手指节节胀肿，
鼓鼓的两眼珠透出饱受的煎熬，
几乎掉出眼眶。他所谓的生命
只不过是折磨。可这骷髅居然
同美貌的年轻姑娘生了个男孩，
是他的，因为那女孩发誓如此，
谁能不相信她？简而言之，
对那些夸口且已做下的，决不为伴；
对那些夸口而尚未做的，当面痛斥；
对那些想做而不能做的，由衷高兴。
不错，我最讨厌用下作的话语
谈论爱的隐私，或妄为大胆地
谈论本该隐匿之事。这就是我，
恋人发出的叹息之中，数我的
最为真诚。温柔可爱的女神啊，
请让我在决斗中取胜吧，褒赏
我一片真诚之爱。请您用预示

来为我祝福，并赐予我表达您恩惠的信物。

音乐起；白鸽振翅。众人扑倒在地，然后跪起

女神啊，您统治凡人从十一岁

直到九十，这世界是您的猎场，

我们是成群的猎物。我感谢您

给我的这一礼物，要把它放入

我的纯真之心，武装我的身躯，

保证我此事取得成功。起身吧，

向女神鞠躬。时刻已到。（帕拉蒙与骑士起身，众人鞠躬）

众人下

柔和笛声起；爱米丽娅着白服上，长发披肩，头戴麦穗花环；一头上插花的白
服侍女持爱米丽娅裙裾；另一侍女在前捧一银鹿形香炉，内盛香柱与香料，香
炉被置于祭坛上，侍女们退站一边；爱米丽娅点火燃香。然后众人行礼下跪

**爱米丽娅**　　　啊，神圣坚贞的阴影女王，[1]

您摒弃狂欢，您默默沉思，

您甜蜜孤独，白如贞女，纯似

风拂之雪，只允许您女骑士体内

流淌的鲜血刚刚够染红其面颊，

用羞色做罩裙。我是您的祭司，

在您的祭坛前谦卑地请求恩惠，

您透着罕有碧绿的双眸从不看

污秽之物，就请看看您的贞女；

---

1　啊，神圣坚贞的阴影女王（O sacred, shadowy, cold and constant queen）：狄安娜又为月神，
常在夜间出现，故这里有"阴影"、下文有"银色夫人"（silver mistress）之说。——译者
附注

　　　　　　神圣的银色夫人，您从未听过
　　　　　　庸俗下流的言语，从未将荡音
　　　　　　纳入视听，现在，请听我对您
　　　　　　诚惶诚恐的请求，是我在履行
　　　　　　侍女最后的职责。我虽着婚服，
　　　　　　心中仍处女纯情；被指定丈夫，
　　　　　　可不知是谁。两人我须挑一位，
　　　　　　为其胜利祈祷，但我却并未犯
　　　　　　自己选择的过错。我两只眼珠
　　　　　　同样宝贵，要我丢弃任何一只
　　　　　　都舍不得。该死就由他死去吧，
　　　　　　但不应由我宣判。谦逊的女王，
　　　　　　就让两人中最爱我的那个，让
　　　　　　有权拥有我的那一个来摘去我
　　　　　　头上的麦穗花环，不然您答应
　　　　　　让我童贞的身子依然保持童贞，
　　　　　　继续跟随着您。

银鹿消失于坛下，原地长出一株玫瑰，上开一朵玫瑰花

　　　　　　看哪，看总管潮落潮涨的女神，
　　　　　　从她神圣祭坛的碗中
　　　　　　显现出如此的神迹。只有一朵！
　　　　　　若灵感不错，这场战斗将毁掉
　　　　　　两位勇敢的武士，而贞节之花，
　　　　　　也必将会单枝独秀，无人采折。

突然乐声铿锵，玫瑰从树上落下

　　　　　　花落，树倒。——女神啊，您如此
　　　　　　打发了我；看来我将被人摘去，

但我仍不明白您的意思。解开
您的谜吧！——但愿这已使她满意，
这神示是慈悲。

众人行礼；下

# 第二场 / 第十六景

监狱
医生、狱吏与着帕拉蒙装束的求婚者上

**医生**　　　　我让你做的对她有什么效果吗？

**求婚者**　　　哦，挺好。陪她的姑娘几乎已让她
　　　　　　　相信了我就是帕拉蒙。半小时以前，
　　　　　　　她还笑着过来问我要吃些什么东西，
　　　　　　　还问我什么时候想吻她。我对她说，
　　　　　　　想马上就吻，便吻了她两下。

**医生**　　　　不错不错。吻上二十下就更好啦，
　　　　　　　因为只有这个办法了。

**求婚者**　　　然后她对我说
　　　　　　　今晚要和我一起过夜，因为她知道
　　　　　　　我什么时候会突然冲动。

**医生**　　　　就听她的。
　　　　　　　你一来劲，就赶紧满足她，要快。

**求婚者**　　　她会让我唱歌。

**医生**　　　　你唱了？

| 求婚者 | 没有。 |
|---|---|
| 医生 | 这太不应该了。 |
| | 你应当什么都听她的。 |
| 求婚者 | 天哪, |
| | 医生,我嗓子破,她会不喜欢的。 |
| 医生 | 不管怎么唱都一样。只要你扯嗓子。 |
| | 如果她还要你干什么,你就干什么, |
| | 她要你睡你就睡。 |
| 狱吏 | 瞧你,医生! |
| 医生 | 没错,为了治好她。 |
| 狱吏 | 但请容我说一句, |
| | 得为她的名声想想。 |
| 医生 | 这是庸人之见。 |
| | 别为了名声把孩子的命丢了。 |
| | 先把她治好,以后她要名声, |
| | 自然能有。 |
| 狱吏 | 谢谢你,医生。 |
| 医生 | 带她进来吧,让我看看她怎样了。 |
| 狱吏 | 好的,我还要告诉她, |
| | 她的帕拉蒙为她留下了。不过,医 |
| | 生,我还是觉得你做得不对。 |

狱吏下

| 医生 | 去吧去吧。当爹的都是傻瓜!名声? |
|---|---|
| | 先得治好她,名声的事得后一步啦! |
| 求婚者 | 怎么,医生,您觉得她已经失身了? |
| 医生 | 她多大了? |
| 求婚者 | 十八。 |
| 医生 | 也许还没吧。 |

但是都一样。与我们的目的无关，

不管她父亲说什么，如果你发觉

她的脾气在朝我说的方向转变，

或曰，转向"众生之路"[1]——你懂吗？

**求婚者** 　懂的，太懂了，医生。

**医生** 　那就讨她喜欢吧，

做就要做到家，这么做便能治好

那影响她的抑郁气质。

**求婚者** 　医生，我同你想的一样。（退避）

狱吏与其疯女儿上

**医生** 　不会错的。她来了，顺她意思做。

**狱吏** 　来，你的帕拉蒙在等你，孩子。

等了你好久了，就为了看看你。

**狱吏女儿** 　谢谢他的好耐心。

他是个好心的绅士，很感激他。

你从没见过他送我的马吗？

**狱吏** 　见过。

**狱吏女儿** 　你看它怎样？

**狱吏** 　很漂亮。

**狱吏女儿** 　你从没见那马跳舞吧？

**狱吏** 　没有。

**狱吏女儿** 　我可常看见。

他跳得棒极了，十分优美。要说起

跳快步，管他来的是长尾巴短尾巴，

他都能把舞伴转得像陀螺。

---

1 "众生之路"（way of flesh）：即肉体欲望。

| | |
|---|---|
| 狱吏 | 的确不错。 |
| 狱吏女儿 | 它跳起莫里斯一个钟头能跳二十里，<br>如果我没说错，全教区跳柳条马[1]的<br>再能干，这么跳也非得跳跛了腿，<br>它还能和着《爱之光》[2]的调子飞跑，<br>你觉得这匹马怎样？ |
| 狱吏 | 有这些本事，<br>我看它可以让人带去玩网球。 |
| 狱吏女儿 | 天哪，那算什么。 |
| 狱吏 | 他能看书写字吗？ |
| 狱吏女儿 | 他写一手好字，自己的草料粮食<br>都能细细记下。马夫想占便宜<br>可不那么容易。你知道<br>公爵的那匹栗色母马吗？ |
| 狱吏 | 很清楚。 |
| 狱吏女儿 | 她爱他爱得要死，可怜的东西。<br>可他像老爷似的冷淡，还嘲弄她。 |
| 狱吏 | 她有什么嫁妆？ |
| 狱吏女儿 | 有那么两百来捆草，<br>还有二十二筐麦，可他才不会娶她呢。<br>他虽然口齿不清，那嘶叫声却能挑逗<br>磨房主母马的心。他真能要了她的命。 |
| 医生 | 她在说些什么！ |

---

1　柳条马（hobby-horse）：莫里斯舞中扮作一匹马的男子，胯下骑一根柳条。

2　《爱之光》（'Light o' love'）：当时流行的一首关于薄幸的情人或妓女的歌曲。亦有人译作《薄情女》。——译者附注

| | |
|---|---|
| **狱吏** | 去行礼吧，你的情人来了。（求婚者走近） |
| **求婚者** | 美人儿， |
| | 你好吗？（狱吏女儿行礼）真是好姑娘，向你行礼！ |
| **狱吏女儿** | 真心听您使唤。 |
| | 各位大人，这儿离世界尽头有多远？ |
| **医生** | 姑娘，还有一天的路程。 |
| **狱吏女儿** | （对求婚者）你愿和我一起去吗？ |
| **求婚者** | 姑娘，去那里做什么？ |
| **狱吏女儿** | 嘻，玩板球呀。 |
| | 还能干什么？ |
| **求婚者** | 我去， |
| | 如果我们能在那里办婚礼。 |
| **狱吏女儿** | 说得对。 |
| | 你放心，在那里我们能找到一个 |
| | 瞎眼牧师，他一定会设法为我们 |
| | 行婚礼，这里的牧师苛刻又愚蠢。 |
| | 再说了，我父亲明天定会给绞死， |
| | 要那样可就会弄脏了我们的婚礼。 |
| | 你不是帕拉蒙吗？ |
| **求婚者** | 你不认识我了？ |
| **狱吏女儿** | 认识。不过你不在乎我，我只有 |
| | 这条小衬裙，外加两件粗布衫。 |
| **求婚者** | 都一样。我还是要娶你。 |
| **狱吏女儿** | 肯定娶我？ |
| **求婚者** | 不错。（拉起狱吏女儿的手）凭漂亮的手起誓，一定。 |
| **狱吏女儿** | 那就上床。 |
| **求婚者** | （吻狱吏女儿）你什么时候想上就上。 |

| | |
|---|---|
| **狱吏女儿** | 哎呀，先生，你可别咬我呀。（拭嘴） |
| **求婚者** | 你干吗擦我的吻？ |
| **狱吏女儿** | 这是个香吻，<br>擦得香喷喷，好准备结婚。<br>（指医生）这不是你兄弟阿赛特吗？ |
| **医生** | 是的，好姑娘。<br>我很高兴我兄弟帕拉蒙<br>选了个好姑娘。 |
| **狱吏女儿** | （对医生）你看他会娶我吗？ |
| **医生** | 一定会的。 |
| **狱吏女儿** | （对狱吏）你也这么想吗？ |
| **狱吏** | 是的。 |
| **狱吏女儿** | 我们要生许多孩子。天哪，<br>（对医生）你怎么长那么大了！真希望<br>我的帕拉蒙也长得又高又帅，<br>他已经自由了。可怜的小鸡，<br>他吃粗食住破房，长不高了，<br>但我就要把他吻大起来。 |
| 信差上 | |
| **信差** | 你们在这儿干吗？可别错过了一生中<br>最壮观的场面。 |
| **狱吏** | 他们已经进决斗场了？ |
| **信差** | 是的。<br>你在那里还有差事呢。 |
| **狱吏** | 我马上就去。<br>我得马上走了。 |
| **医生** | 等等，我们和你一起去。 |

我也不愿错过这场决斗。

**狱吏**　　　你看她怎样？

**医生**　　　我向你担保，就在这三四天里

　　　　　　（对求婚者）我要全治好她。你别离开她，

　　　　　　必须一直这样对她。

**求婚者**　　遵命。

**医生**　　　领她进去吧。

**狱吏**　　　来吧，亲爱的，我们去吃晚饭。

　　　　　　然后一起来玩牌。

**狱吏女儿**　也能接吻吗？

**求婚者**　　哪怕吻上一百次。

**狱吏女儿**　加二十。

**求婚者**　　好，加二十。

**狱吏女儿**　然后一起睡觉。

**医生**　　　（对求婚者）答应她呀。

**求婚者**　　（对狱吏女儿）好，我们睡觉。

**狱吏女儿**　不过别弄痛我。

**求婚者**　　不会，亲爱的。

**狱吏女儿**　心爱的，如果你弄疼我，我就哭。　　　　　众人下

## 第三场 / 第十七景

林中，比武场附近

喇叭奏花腔。忒修斯、希波吕忒、爱米丽娅、庇里托俄斯及若干待从上

**爱米丽娅**　　我不想往前走了。

**庇里托俄斯**　不想看决斗了？

**爱米丽娅**　　我宁愿看鸀鹢如老鹰扑杀苍蝇，

　　　　　　　也不看眼前这决定生死的场景。

　　　　　　　每一剑都威胁着一条英勇生命，

　　　　　　　每一击都让人为击中之处伤心，

　　　　　　　听来像钟声报丧而非刀刃击撞。

　　　　　　　我留下，让耳朵为这比武受罚，

　　　　　　　够了；可对此我无法闭上耳朵，

　　　　　　　只能听，但决不让可怕的景象

　　　　　　　污了我本可躲开的眼睛。

**庇里托俄斯**　（对忒修斯）好主君，

　　　　　　　您的姨妹不愿去。

**忒修斯**　　　她一定得去，

　　　　　　　她一定得看看真正的光荣事迹，

　　　　　　　即使是在画中也很动人。造化

　　　　　　　创造并导演这场故事，让它由

　　　　　　　人的见闻来证实。（对爱米丽娅）你定要到场，

　　　　　　　你是胜者的奖赏、报酬与花环，

　　　　　　　你要为胜利者加冕。

**爱米丽娅**　　请您愿谅我，

|       |                           |
|-------|---------------------------|
|       | 即使去我也闭着眼睛。          |
| 忒修斯 | 你必须到场：                |
|       | 这决斗如在黑夜进行，而你是      |
|       | 唯一闪亮的星星。             |
| 爱米丽娅 | 我的光早熄灭，              |
|       | 照着这两人的光环里只有         |
|       | 嫉妒，凶兆和黑暗向来是         |
|       | 恐惧之母，一直让千百万         |
|       | 生灵诅咒，我真希望此刻         |
|       | 恐惧将黑色披篷罩住两人，        |
|       | 让他俩相互看不见找不到，        |
|       | 倒还能为自己留一点名声，        |
|       | 补偿它庇护下的许多谋杀。        |
| 希波吕忒 | 你一定得去。                |
| 爱米丽娅 | 我真的不去。                |
| 忒修斯 | 嘻，骑士在你面前才能          |
|       | 激发勇武。听着，你是这一场      |
|       | 战争的战利品，也必须有你当场     |
|       | 犒酬他们的辛劳。             |
| 爱米丽娅 | 兄长，请原谅。              |
|       | 王国的权利也能在其地域之外       |
|       | 由争夺而定。                |
| 忒修斯 | 好吧好吧，就由你吧。          |
|       | 同意你想法的人简直可把任务      |
|       | 交付给任何敌人。[1]          |

---

1 同意你想法的人简直……任何敌人（Those that remain with you could wish their office/To any of their enemies）：意思是简直不近情理。——译者附注

| | |
|---|---|
| **希波吕忒** | 再见了，妹妹。 |
| | 我想比你先知道谁能做你丈夫， |
| | 比你略早一点。两人中间是谁 |
| | 更得众神恩宠，我便向神祈求 |
| | 让他成为你的胜签。 |

*忒修斯、希波吕忒、庇里托俄斯及其他人下，爱米丽娅留场*

| | |
|---|---|
| **爱米丽娅** | 阿赛特神情温柔，可他的眼神 |
| | 却像一张弯弓，又像一柄利剑 |
| | 插在柔软的刀鞘。柔情与豪气 |
| | 在脸上形影不离。帕拉蒙的脸 |
| | 却让人十分害怕：他眉骨深陷， |
| | 似乎要将他所厌恶的东西埋进； |
| | 不过有时也不这样，而是随着 |
| | 他的念头变动。他两眼会长久 |
| | 凝视目标，忧郁的神情更衬出 |
| | 高贵，阿赛特的欢笑虽也如此， |
| | 但帕拉蒙的忧伤却透露着欢乐， |
| | 欢乐与忧伤难分，似乎是欢乐 |
| | 使他忧郁，是忧郁才使他欢喜。 |
| | 那些极不适合别人的晦涩脾气， |
| | 在他身上却正好合适。 |

*号筒声。号角吹起进攻号*

| | |
|---|---|
| | 听，那激励勇气的号声正催促 |
| | 他们决斗！阿赛特可能赢得我， |
| | 但帕拉蒙也可能将阿赛特刺伤， |
| | 让他残缺。啊，为这样的可能 |
| | 要多少怜悯才够？我要是在场 |

　　　　　会伤害他们，他们会朝我座位
　　　　　频频瞩目，这样一动，也许就
　　　　　少一招防守，或错过一次进击，
　　　　　而那也许致命。所以我最好是

号筒声；幕内喊声大起，声音嘈杂，有人喊"帕拉蒙！"

　　　　　不要在场。唉，为何生下我来
　　　　　目睹这样的伤害！是谁赢了？

一仆人上

**仆人**　　　　在喊"帕拉蒙！"

**爱米丽娅**　　那他赢了。
　　　　　这很可能，
　　　　　他风度潇洒定能成功，他无疑
　　　　　是最优秀的男子。快跑去看看，
　　　　　告诉我决斗进展。

喊声和号筒声；有人喊"帕拉蒙！"

**仆人**　　　　还在喊"帕拉蒙！"

**爱米丽娅**　　快去问清楚。　　　　　　　　　　仆人下

　　　　　可怜的仆人 [1]，你输了。
　　　　　我一直把你的画像挂在我右心口，
　　　　　帕拉蒙挂在左边。不知为什么，
　　　　　这么做并无目的，只出于偶然，

幕内又一阵喊声；号筒声

　　　　　但心脏长在左边，帕拉蒙机会
　　　　　更多一些。这一阵突发的嘈杂，

---

1　此处爱米丽娅口中的"仆人"指阿赛特。——译者附注

一定是决斗结束了。

仆人上

**仆人**　　　人们说帕拉蒙在塔里只差一寸
　　　　　　就要刺到阿赛特，人人都欢呼
　　　　　　"帕拉蒙！"但是阿赛特立刻就
　　　　　　被他的助手英勇救过。这两位
　　　　　　胆壮气盛的决斗者眼下依然在
　　　　　　酣畅地奋力格斗。

**爱米丽娅**　愿他们能变形
　　　　　　合成一人！为何？世上的女人
　　　　　　都不配如此组合的男子，他们的
　　　　　　优点和高贵品质，都是他们所
　　　　　　特有，任何女人，品质相比时

号筒声。幕内喊声起："阿赛特！阿赛特！"

　　　　　　若差一点就不相配。还在欢呼？
　　　　　　还是"帕拉蒙"？

**仆人**　　　不，这回喊的是"阿赛特"。

**爱米丽娅**　请你好好听听他们到底喊什么，

号筒声。呼喊声大起："阿赛特！胜利了！"

　　　　　　竖起两耳全神贯注去听。

**仆人**　　　喊的是"阿赛特！""胜利！"
　　　　　　听！"阿赛特！胜利了！"
　　　　　　宣告决斗结束的吹奏乐
　　　　　　已经响起。

**爱米丽娅**　稍稍看一眼便可明白，
　　　　　　阿赛特并非孩童。凭上帝圣眼，
　　　　　　他全身透出丰富和无价的精神，

如蜡中之火包裹不住向外透出，
如低矮的河岸，无论如何努力，
都无法抵挡住旋风吹涌的海水。
我想帕拉蒙会败阵，可不明白
为何想如此。我们理智的预见
常不如想象准确。人群散开了，
天哪，可怜的帕拉蒙！　　　　　　　　　　　号筒声

忒修斯、希波吕忒、庇里托俄斯、胜利者阿赛特、众侍从及其他人等上

**忒修斯**　　瞧啊，我的妹妹还在翘首期盼，
　　　　　心神颤抖不定！美丽的爱米丽，
　　　　　众神已经根据他们神圣的判决
　　　　　将这位骑士给了你。冲锋陷阵
　　　　　他最优秀。你们俩都伸出手来，
　　　　　你拉住她，你拉住他，让爱情
　　　　　扣起婚结，随岁月流逝而爱情日深。

**阿赛特**　　爱米丽，
　　　　　为得到你，我失去了最亲之物，
　　　　　除了得到的你，但我不觉太贵，
　　　　　因为你价值无比。

**忒修斯**　　我亲爱的妹妹，
　　　　　他说的是一位最最英勇的骑士，
　　　　　曾激励过高贵的骏骑。是众神
　　　　　希望他死而无后，以免其后代
　　　　　在人世太接近天神。他的行为
　　　　　使我惊讶，阿尔喀得斯[1]与他相比

---

1　阿尔喀得斯（Alcides）：即赫丘利。

只是捧铅渣。不过，我再赞扬
他的个别优点，赞扬他的整体，
阿赛特也不缺一分。他是位
优秀战士，只遇上了更强的人。
我听说两只好胜夜莺，用它们
好斗的嗓子叩击黑夜的耳朵。
时而这只嗓音更大那只调更高，
时而这只更嘹亮而那只更高亢，
人们无法判定谁胜谁负。同理，
两兄弟争斗太久，只有让天神
勉强决定谁为胜者。（对阿赛特）戴上花环，
伴着你赢来的欢乐。对战败者，
给他们以公正的处决，我明白，
他们的生命只剩痛苦，不如就地
结束。这场面不宜目睹，走吧，
我心中悲喜参半。（对阿赛特）挽起你的奖品，
你肯定不会失去她。——希波吕忒，
我见你一只眼里含着一颗泪珠，
似落非落。（喇叭奏花腔）

**爱米丽娅** 难道说这就是胜利？
天神啊，你们的怜悯投向哪里？
还只是你们有意造成如此结局，
让我活着安慰这朋友被夺之人，
这令人伤心的王子。他割舍了
比一切女人更值得珍惜的生命，
我真该也愿意死去。

**希波吕忒** 真太遗憾了，

两双眼睛竟同时钟情于一人，

而其中的一对却要为此失明。

**忒修斯** 的确如此。 众人下

## 第四场 / 景同前

全身被捆绑的帕拉蒙和他的骑士、狱吏、行刑手及一卫兵上，有人执刑枕和行刑斧

**帕拉蒙** 多少人活在世上却已无人爱，

不错，父子间的关系经常如此。

这样想，我们便有了些许安慰。

我们死去，很多人会一表同情，

虽死犹生，因有人为我们真诚

祝福。我们避开了老人不得不

经历的可怕惨境，躲过了伴随

苍苍白发而来的那些久不退的

痛风与风湿。我们来到众神面前，

却依然年少力盛，尚未拖着那些

陈罪重愆，不似年老罪重之人。

众神定满心喜欢，赐我们琼浆，

因我们魂灵洁净。——

（对众骑士）亲爱的同胞，你们为可怜的安慰

要抛下生命，实在不值。

| 骑士甲 | 还有什么结果能比这<br>更有意义？得胜者只是运气好，<br>但他们的好运肯定会转眼即去，<br>与我们必死同样无疑，荣誉的<br>天平上，他们绝不更重一分。 |
|---|---|
| 骑士乙 | 我们道别吧，<br>用我们的忍耐激怒蹒跚的命运，<br>她最稳时也摇晃不定。（拥抱） |
| 骑士丙 | 谁先上？ |
| 帕拉蒙 | 就让把你们领到盛宴大厅之人<br>为你们先尝一口。[1]——（对狱吏）朋友，朋友，<br>你温柔的女儿曾让我获得自由，<br>你来个一劳永逸。姑娘怎样了？<br>我听说她不太好，她得这种病<br>我真觉得难过。 |
| 狱吏 | 先生，她全好了，<br>就要出嫁。 |
| 帕拉蒙 | 以我短促的生命起誓，<br>这让我十分高兴。请你告诉她，<br>这是我为之高兴的最后一件事。<br>代我向她问好，把这个交给她，<br>充实嫁妆。[2]（将钱袋交给狱吏） |

---

1　就让把你们……为你们先尝一口（Ev'n he that led you to this banquet shall/Taste to you all）：帕拉蒙在此以引宴人自喻。按习俗引宴人要先将席上所有菜肴尝上一口，以防有人下毒。——译者附注

2　参见第四幕第一场 22 至 28 行。此处有重复之嫌，被认为是两人合作撰写剧本"接应失误"的一个证据。——译者附注

| 骑士甲 | 慢，我们都贡献一份。 |
|---|---|
| 骑士乙 | 是贞洁姑娘吗？ |
| 帕拉蒙 | 不错， |
| | 她是真正的好姑娘，我虽然 |
| | 无法报答，也无法详加描述。 |
| 三骑士 | 替我们向她致意。(各自将钱袋交狱吏) |
| 狱吏 | 众神赐各位安宁，让她充满感激。 |
| 帕拉蒙 | 永别了，让我的生命像我的告别 |
| | 一样短促。 |

将头置于刑枕上

| 骑士甲 | 英勇的兄弟，带头走吧， |
|---|---|
| 骑士乙、丙 | 我们欣然跟上。 |

幕内传来一阵嘈杂声，有人喊"快跑！别动！住手！"

一信差匆匆上

| 信差 | 住手！住手！嗨，住手，住手！ |
|---|---|

庇里托俄斯匆匆上

| 庇里托俄斯 | 嗨，快住手！倘若你下手快了， |
|---|---|
| | 就该永遭诅咒。高贵的帕拉蒙， |
| | 众神愿你活下去，用生命彰显 |
| | 他们的荣耀。 |
| 帕拉蒙 | 这可能吗？难道连 |
| | 维纳斯也捉弄人？是怎么回事？ |
| 庇里托俄斯 | 阁下请起，仔细听我讲述一切， |
| | 极度悲伤，也无比欢乐。 |
| 帕拉蒙 | 是什么 |
| | 把我们从梦中唤醒？ |
| 庇里托俄斯 | 听我说。你兄弟 |

骑上爱米丽早先送他的那匹
战马，那马浑身乌黑，看不见
一根白毛，人说这样的马无法
卖上好价，很多人便因此却步，
即使马好也不买。老话应验了。
阿赛特的坐骑正是这样的黑马，
飞跑在雅典石板路上，那蹄钉
轻触而不重踏。黑马一路大步
奔跑，想要讨好骑手，让他能
自得扬扬。正当他沿燧石道路
的笃向前，如伴着马蹄的音乐
翩翩起舞——常言道，音乐起源
就在于铁击——那燧石心怀妒意，
如海王般冰冷，又同样充满着
火一般恶意，猛迸出一个火星，
这造成灾难的硫黄火星有多可怕，
我不细说，可黑马正在兴头上，
火火暴暴，见火星便由着性子
拼命乱跑，一会蹦，一会跳，
全忘了受驯时学得的步伐教导。
马刺一夹，它便像猪一样尖叫，
马刺未让它听从驱使，反让它
更觉得烦躁，见主人依然稳坐，
便使用劣驹的恶法，狂奔乱跳，
非要将主人掀到地上。可暴跳
也没有用处，马嚼不裂，肚带
不断，主人紧夹双腿稳稳当当。

突然间，那黑马全身直立起来，
使阿赛特的腿抬得比头还要高，
似用奇术使全身倒悬。头上的
胜利花环立刻掉下来。一瞬间，
那劣马翻跌下来，全身的重量
压在了骑手身上。他尚有一气，
但这条小船现虽然还浮在水上，
却已经不起下一道涌浪。他要
同你说几句话。瞧，他过来了。

忒修斯、希波吕忒、爱米丽娅上；阿赛特靠一椅中被抬上

**帕拉蒙**　　　　天哪，我们的友情竟悲惨收场！
　　　　　　　阿赛特，神不可胜。若你的心，
　　　　　　　那颗高贵伟岸之心尚没有破碎，
　　　　　　　就留下最后的话。我是帕拉蒙，
　　　　　　　你虽将死，我仍爱你。

**阿赛特**　　　　娶爱米丽娅，
　　　　　　　带上整个尘世的欢乐。伸出手来，
　　　　　　　永别了！我命已尽。我不够朋友，
　　　　　　　但从未背信弃义。兄弟，宽恕我。
　　　　　　　美丽的爱米丽娅，吻我一次。（爱米丽娅吻阿赛特）
　　　　　　　娶她吧，我死了。

**帕拉蒙**　　　　（阿赛特死去）愿你勇敢的灵魂升入天堂！

**爱米丽娅**　　　王子，我为你合上双眼。有福的灵魂与你为伴！
　　　　　　　你是真正的好人。只要我活着，
　　　　　　　这一天我献给泪水。

**帕拉蒙**　　　　我献给荣誉。

**忒修斯**　　　　你俩第一次决斗就在这同一个

地方，我将你们分开。你活着，
来，向神明致谢。他已经演完
自己的角色，虽演得十分短促，
却十分出色。你得以延长生命，
幸福的露珠自天而降为你沐浴。
神力强大的维纳斯给了你爱人，
她神坛倍增光彩；我们的主神玛尔斯
也兑现了他的神谕，让阿赛特享受了
决斗胜利的荣光。如此，众神
各示其正。来把他抬走。

**帕拉蒙**   兄弟啊，
我们欲求之物竟要使我们失去
追求的欲念！难道珍贵的爱情
非失去珍爱不能购得？（阿赛特遗体被抬下）

**忒修斯**   这就是命运之神
玩弄的微妙游戏：失败者得胜，
胜利者却失掉一切。从头到尾
众神却始终不袒不倚。帕拉蒙，
你兄弟已承认，拥有小姐之权
在你手里，因为你先看见了她
并立刻表达心迹。他将她归还，
如归还窃走的珠玉，并希望你
宽宥他。众神从我手里拿去了
行使公正的权柄，自己去做了
公正的施行人。把姑娘带走吧，
把你的支持者叫下死亡的台阶，
我要与他们结为朋友。几天内

我们要用哀伤为阿赛特的葬仪
增添庄重和堂皇，葬礼结束后，
再换上新郎的面罩，与帕拉蒙
一起欢笑。可就在一小时之前，
我还为帕拉蒙感到惋惜，而为
阿赛特高兴，现却为前者高兴，
为后者悲伤。神啊，令人迷茫，
如此来捉弄我们！总是让我们
为所缺而欢笑，为拥有而悲伤，
脱不了幼稚。让我们对现有的
一切表示感激，将无法明了的
事情交神明来处理。一起走吧，
我们的举止要合乎时刻的变化。　　　　喇叭奏花腔；众人下

# 收场白

致辞者上

曾想问众看官是否喜欢此戏，
可在下像学生惶惶不敢启齿，
担心之极。请各位再坐片刻，
让我看看脸色。没一个笑的？
这可不大好办。在座可有人
爱过乡下姑娘，让咱也认认？
怪事，没有。哪位若真情愿，
请别过意不去，您尽管埋怨，
骂毁了咱的生意。还是白搭。
那就随您啦！看官还有啥话？
您别弄错，这么说并非放肆，
咱不敢放肆。演的只是故事，
若咱的表演让各位真心满意
（其实这就是演戏的最终目的），
咱的目标就算达到。不几天
还有好戏上演，请看官不断
托付爱心。咱定会竭尽所能。
就此道一声晚安，各位先生。

喇叭奏花腔。下